造物须臾

牛健哲 著

上海文艺出版社

对她好	溶液	若干开头	造物须臾	堂巫
89	67	41	21	1

波函数	斑点闪动	赦免日	猛兽尚未相遇	黏腻故事
207	177	159	129	111

堂　　　　　　　巫

堂　　　　　　　　　　　巫

在电梯里,我听见自己和友芝都在长长地呼气。

上行了很久,终归到达。找到那家店,我们核对了所在楼层和店门里面的木雕装潢,才相信不是我们找错了地方,而是店改了名字。进了门,见店里人仍都穿着袍式服务装,就是花色素雅了些。跟迎宾确认了,这家"堂巫"的确就是两年前的那家"三屿"。

很好。我们心里愈发不自在起来。

"老板和主厨都没变,服务水准只会更高。二位要不要参观一下,选个房间?"

我们不需要参观。随迎宾换拖鞋的途中,倒是见到一个金灿灿的开间,里面有层层叠叠的罗汉像。众罗汉各自嗔笑，用不同的方式伸展肢体。友芝拉了我，大概是那些诡异的容貌和姿态让她不舒服，或者她那里又有些坠痛了。我们径直去往西南角的那间。

"经理换了吗？"友芝问。

"不知道您认识哪位经理，现在的经理来这儿一年多吧。"

在房间门口，迎宾把我们交给一个很年轻的服务员小妹。两年前自然也有这样一次交接，相比当时，这次的女孩儿又要小几岁，化妆没那么重，也没有像那样勉强作笑。当然，上次的印象难说有多确凿，可能被我们的回忆涂描过多次了。

房间对。往落地窗外看，仍然是那两条贯穿新老城区的主路，仿佛从这座高厦的两肋伸展开去，刺向远方，在夜间沿路灯光的倾注之下亮得发烫。在这家高空餐厅的景观中，视野内的其他楼宇虽然不乏夺目的光鳞，姿态却都显得相当温顺。

友芝收回目光，转身跟我对视了一下。下午在医院，我们不喜欢那医生的说法，出来后钻进车里，我莫名地枯坐在驾驶位，好一阵子没有启动车子。后来忘了我们俩是谁说起这里，两个人都同意今晚应该故地重游。好像没有提议者，我们都只是做出了附和。

算起来这是她小产后我们第一次出来吃饭。

我们点菜时,果盘和赠送的冷菜已经摆上桌。服务员小妹退开前,轻轻推了一下玻璃转盘,它像上次那样转了起来,照旧平缓安静。

两年前,我和友芝已经一起换过几次住处,尝过这个城市里太多小店餐品的滋味,而那晚我一心想把她带到一个舒适安静的地方进餐。选地方时她提起"三屿",仿佛也想要个可以静心说话的环境,我们该是有了一种少有的默契。这地方我们分别和各自的同事来过,都知道是什么样子。当天晚上我工作上有点麻烦,到店有些晚,就简单地点了两个体面的套餐。我们临窗聊了聊这座城市近几年的发展,接着说到我们自己的变化。

"天真。"我说,"回想起来,前些年自己真是天真。"

友芝说:"其实……也未必全是天真,只是我们都没有耐心去深思熟虑。"

大体上是这么说的。听起来就好像我们搞完了几个大工程,而后开始反思它们带给子孙后代的生态和环境影响。实际上谁能说清楚那话的所指。那段时间我们留意最多的仍然是租房中介的消息，对租到的房子我们似乎越来越不满意。

只聊了几句，那个化浓妆的服务员就端上了生牛肉，然后蹲下试图启动桌子下面的什么设备。她还算轻手轻脚，但好半天也没能弄好。我和友芝就一会儿说上几句，一会儿停下来看看她，直到她刘海儿散乱地站起身来。

"不好意思啊，电烤炉好像坏了，要么就是电路坏了。这样，我给您用炭烤行吗？"

我们点头后，她就出去取来了烤炉，在桌面的远端滋滋地烤起牛肉来。

"你一定得尝尝这儿的烤牛肉……"我要说后半句的时候，友芝也正要说些什么，我们相互礼让了几次，我还是坚持让她说。

"我尝过。"友芝很快说完了。

这时炭火上的烤牛肉嘶叫得剧烈，服务员操弄着银亮的夹子，用刑一样毫不留情，身上那件花色斑斓的袍子更显惹眼。我们又不约而同地观看了一会儿。

"这么烤烟不小啊。"我们说。

"嗯，炭烤嘛。这种肉最适合炭烤。"服务员似乎还有点得意。她翻弄的只是两块，旁边等待受刑的鲜艳牛肉还有几近整盘。

我们望望窗,聊了两句,又喝下几口水。友芝抬头看看,说上面有排风扇。

"也不好用。"服务员弄出了更多油烟,说,"我刚才试了,排风扇和电烤炉应该是一套,连着的,都不好用了。"

我看了看电烤炉后面的服务员。说实话,这油烟论多少,换在小烧烤店里就约等于无,往常我都不会察觉的。

"给我们换个房间!"我突然说。

服务员愣了一下,房间里绽开尴尬。她支吾着说好像已经没有其他包房了。

我以为友芝会劝我将就一下,但友芝冷着脸说:"那就把你们经理找来。"

"好……两位稍等。"服务员拿起对讲机,告诉那边我们想要换包房,也要找经理,然后努力对我们笑着说,"这两块肉快烤好了,您两位边吃边等吧。"

"这样被烟熏着,我们没心情吃!"我说,"你们店这么有名,就这样服务客人?"

友芝也换了个坐姿,直直地对着服务员,像是和我坐近了几分。友芝说:"是啊,别忘了你们的定位。

烤炉坏了，排风也坏了，还要我们忍着烟继续吃？"

服务员大概没有经受过这样的质问，微笑仍然强留在脸上，却没法带动她的苹果肌和眼轮匝肌，难看得很。

"要不然，我把窗户打开吧，先排排烟，估计很快就会……"

"那我们去吃露天烧烤多好？"友芝回斥说。

我朝服务员用力摆摆手："你是服务员，要做的不是张张嘴把顾客的需求都对付过去。我们是要好好吃饭，又不是找你凑三个人聊天！"

今天的服务员小妹就不假笑，表情一直浅淡，但声音相当温柔。端上菜品后，她就远远地站在门口。离得远，再加上她身形瘦小，让我们感觉这房间比两年前的更加空阔。

这次我们没有点现烤牛肉，但我召唤她过来。

"你刚来没多久吧？"

她"嗯"了一声，点点头。

"有没有在这儿干了很久的服务员？比如说，两年。"

她摇摇头："对不起，我没听说。"

我和友芝相互望望："你们这儿的牛肉怎么样，

适合电烤还是炭烤?"

这是一道附加题,实际上她已经没机会了。她果然还是摇头,答不上来也聊不起来,窘迫中还有点退却,勉强说了声"都好吧"。对今晚的我们而言,这样跟她说话毫无意义。我抛开面前的餐巾,让她把经理找来。

她有点慌:"请问是菜品有问题还是服务有问题?"

说实话,我原本挺喜欢这种性格的服务员。我们也不再为难她,只说是要找经理多了解一些情况。

我和友芝都不吃东西,又到窗口去。如今的夜景与两年前的相差无几,只是更吸引我视线的,多是那些星星似的冷色的光。这里的确很高,望了不一会儿,视野的开阔和夜空的玄深就令我眩晕。我凑近玻璃,尽量垂直地向地面看去。楼下是这座高厦的背面,景物没有那么体面,路面只被低矮昏黄的路灯照亮,显得有些粗粝。我开始加倍眩晕。友芝站在我几步开外,距离那扇能打开的窗扇更近,我们像在充分享用落地窗的宽度。

两年前谁也没见识开窗排烟换气的效果,我们甩开腿就往外走。能感觉到身后跟着那个浓妆服务员,后来急急汇入的应该是当时的经理。服务员压低声音回答着她的潦草问话："我没有……其实我是说过了的……"经理则更急着要把我们留住，没再多问就说都是她们没做好服务，到了换鞋的地方还亲自拿了我们的鞋过来。

"找你的时候你不来！"我回头说完就没再停留，"这账我可不结。"

经理只能跟我身后的友芝道歉，说今天实在是忙，要友芝留个电话。"服务改进后，我想邀请二位再到店体验。"

友芝自然要数说一下她们的不是，而且听起来说得很得要领——烟熏、怠慢顾客、耍嘴皮子。后来她还把耍嘴皮子说成了犟嘴。

"我们又不是第一次来。"友芝说。

我完全不看紧跟着的服务员的样子，下楼前只甩下一句："不会再来了。"

我没让她们跟着上电梯。经理显然不知道还能再说些什么，也不知道该不该对着轿厢里挥手。

由于结束得太早，我们上了主路时路面车很多，隔着车窗也很吵。我起初没说话，一副专心驾驶的样子。手机响了两次，我看了一眼来电，应该是我预订房间时拨过的号码。我想过我们这算不算逃单，但确信他们来电话仍然是要变相地讨好赔罪。友芝开了腔，继续说今晚三屿的服务离谱。这才合宜，至少与我们刚才的态度保持了一致。

车行驶的路就是在餐厅落地窗里能看到的两条明晃晃的干道之一，置身其中，当然不觉得有多漂亮。无论如何，三屿或者说它的服务员毁了那个晚上。

我想起一个上司在饭局上是怎么对待一个出了错的服务员的，把它讲了出来。

"这种店的价位里面包含着服务价值呢。"我一只手松开方向盘，在虚空里戳指着说，"今晚对那个服务员来说是个必要的教训。"

"嗯，刚才那个经理说，这一餐会由服务员自己埋单，可能还不止如此呢。"

"应该的，我们绝对是对她的服务问题做了正确的反馈。"这是从那个上司那儿学来的说法，友芝表示赞同。

记得拐进小路之后，我频频变换车速和行驶方向，驾驶存在感极强。实际上是我有点迷路了，做了颇多试探来挽救路向。慢速通过一条巷道时，友芝问我想不想吃点心，我知道她看见了点心铺，就顺势停下车。

她去了少顷，带回了那种卷曲的缸炉，我常常称之为"甜屎"，有时甚至一说就能直接让她作呕。

又费了些周折找到了家，我们停好车，进了楼下的小店，要了点啤酒和小菜，就着"甜屎"吃了起来。从三屿归来，我们基本上饿着，东西进肚，舒服了很多。这家小店我们熟悉，老板是忙起来会把盘子哐当扔到你桌上、不忙时会坐下来跟你说笑的那种。我们吃喝时他正在后厨跟他老婆拌嘴，有几句还逗笑了我们。

当晚回到住处，我们洗了澡，早早地上了床。歇下来，合眼时还呼着些许酒气，几个没头没尾的梦跟我纠缠不清。将近半夜我醒了一会儿，就在又要睡过去的时候，友芝摇晃了我的肩膀。她应该是起夜时习惯性地看了看手机，看到了那条视频新闻，然后六神无主地要我也看——

画面上显然就是三屿所在的地标性大厦，下面标注着"刚刚发生"四个字：一个人从高层窗户脱身而出，落地前周身只疏朗地翻转了一次，最后头朝下撞出了钝响。拍摄者离事发地点竟然那么近。坠落者劈破夜空的镜头被重复了几次，我们认得出那身花袍。

如今的经理来得和笑得一样爽快。虽然也很年轻,但她自然不青涩,不会让人聊不下去。几句话就见得这人心思很敏锐也很细腻,交谈会格外容易。最重要的是,她说两年前她虽然不在这儿,但就在楼下的姊妹店做副手,对当时发生的事知道一二。

时缘应该是来了。我一句接一句地倾吐出事由,空空地吞咽了几次。我又望了窗外,告诉她我们当夜就抓着手机盯着这事的消息,确认了事情就出在这家店,起因是服务员被一对男女顾客投诉,接着被店里重罚……摔击声回荡在脑子里,难以停息。那之后我们再也没来过这一带。

友芝在一旁顾自轻轻地摇头,眼袋浮凸出来。她不是个情绪夸张的人,两年来我们的日子里阴云游弋,这也是我要说说的。经理还插不进话,只好先给我们斟了茶。这之前她已经让那个服务小妹出门去了,房间里坐着我们三个人。

"其实,如果我们没有看到那个画面就会好过得多。可是我们几乎看得见那女孩的脸,白亮亮的……没法无动于衷,没办法。"我说。后来有一次友芝告诉我,她小时候见过人坠楼后的尸身,知道头颅暴击地面会形成何等场面。那是最让她后悔得到的见识,说起来也会有些失控，要不是我及时喝止，她差点一股脑儿全讲给我。

有些情状纵使让人难堪，也是事实。出事后好一阵子，我和友芝都是拥搂着睡觉的。最开始我们心照不宣，试图将这种体姿与伴侣之间的亲密交缠相混淆。那个新闻热传了一两周，过劲儿之后，我们抱在一起仍然能感觉到对方无意识的细微颤抖，然后我们就又心照不宣地抱得更紧。相携着亲历了当晚的我们俩，搂抱在一起当然是一种分担。

那个服务员都说过什么，究竟有没有口出不敬？我们为这聊过一次，但浅尝即止，都没有多说。

我们不再愿意出去吃饭，在家里吃时又总觉得不舒服。我们两两相对，却感觉屋子里还有另外一个人，以侍候的姿态停留在某处。下班比较晚的日子，窗外市声消退，我们在有点幽暗的餐桌上吃东西，耳朵里还会有那种滋滋啦啦的煎烤声，远近层叠地荡来，在我俩之间缭绕。

"俗套得很。"我们说起那些幻觉时会表示不屑。可后来我们还是换了餐厅的顶灯，甚至换了住处，也索性学着自己煎肉吃，这样听到滋滋啦啦的声音便是理所当然的了。但仍然，在我们俩的身形和恼人的油烟之外，好像还有第三个人陪着我们，或许隐约还有说要打开窗子的缥缈语音。

我们想请别人来家里吃饭，却又都没什么朋友，就只好找双方的亲戚聚餐。同在这城市生活的亲戚也实在为数不多，被我们多次邀来，大家相熟了不少，还都断定我们婚期已近。我们对热闹的厌烦也因而积累起来。后来友芝开始把东西拿到床上吃，我就凑过去，打开卧室的电视，像一对厮混的少年似的，吃完了也挤挨着赖在床上。

持久的依偎滋生出一种无从另寻的体味，说不准是我的还是友芝的。

友芝怀孕得有点意外，想来也在情理之中。两个来惯了的亲戚知道了，莽撞地来贺了喜，又有理有据地大谈婚事操办。我们不否认也没泼人家冷水，虽说早过了醉心庆典的年纪，可看他们准备热烈地参与其中、豪迈运筹的样子，自己也觉得挺有意思，有点想帮着打打下手。

一来二去，我们快要忘了三屿那件事。可友芝没能留住孩子——在孕中期，她身体里时而有异样的下坠感，我们去看了医生，吃过不少药，后来还是小产了。创伤不轻，还留给她难缠的慢性盆腔炎，总是有或轻或重的不舒服。她说那还是像小产前一样的坠痛。

更令人沮丧的是，翻过几本阴森玄虚的书之后，友芝居然执迷起来。她说怕是抵偿还不够呢，等到我们真能生个好好的孩子，才说明得到了宽赦。我厌烦地嗤笑了她，随即就跟她一起沉迷于此，勤快而下力气。

直到现在，等来一个结果看起来没那么容易。

"我明白，我明白。"经理说这话时合了一下眼皮，是要让我们相信她能与我们共情。

友芝说得相当坦率："老实讲，两年前那天晚上我们确实有点强硬，但今天来，我们不止是来说抱歉的，而是想把这些倾诉出来。谁也不想总被某些东西缠着。"

经理好像拿捏了一下嘴里的言语，说："那我想问一下，你们有没有做过某些补偿？"

"怎么，你也觉得我们有罪过？"我不爱听了。即便我们有，也不是一个安慰者的角色该点明的。

"我当然不是那个意思。我是说，出事之后有一对夫妻来见了老板，谈了很久，还捐建了外面那间罗汉堂，祛邪的。"她看着我们俩，把话说得稳缓而清楚，"至于当天晚上出事的服务员，是专门服务贵宾间的。好像是她喝了男顾客推给她的一杯酒,送客时被女顾客直接投诉到老板那儿,服务员自己完全不明所以。而那个男的,据说在旁边若无其事一言不发。"

她停顿了一会儿,一边示意我们俩喝茶一边说:"所以也就是说……"

我和友芝卡顿在听她说话的姿态许久,仿佛她有义务把一切解释清楚。

经理想起什么,补充道:"哦,我还听说,当晚出事的房间就是罗汉堂隔壁那间,现在门改在侧面,通着罗汉堂,里面有香火和佛像。据说那对夫妻已经信了佛。"

我们还是不敢相信她的意思。手拿把掐的孽债,怎么会被别人抢了先?

"你是不是想随便说几句,就把我们打发了?"我忍不住问。

经理轻快地摇了摇头:"怎么会,这种事我哪能随便乱说。"

"那当天这个房间里的服务员后来去哪里了?"友芝说话有了点讯问的意味。

经理笑了:"那件事之后老板请了法师指点,改了店名,把原来的服务员都安排去了其他门店。辞旧迎新嘛，就要彻底些。哦，现在在岗的多数是像刚才那个么年轻的，话也少，我们要求她们跟顾客保持距离，会让顾客觉得更舒服。"

我和友芝呆愣着，样子像是怅然若失，大概也显得不大机灵。

经理索性给我们换了热茶，又说："两位是我们的顾客，我看也是实在人，我就冒昧地劝上一句——责人有度，责己更要有度。另外过去的事多半都是记不准的，对吧？两年前的事，你们记得自己发了火，但很可能忘了因为服务不周，你们有多少话没聊上。真的，好多顾客就是来谈事情或者谈心的，我们这儿环境好，很多话才好说。所以服务员懂得进退是应该的。"

她脸上摆出了刚见面时的那种笑，站起身往门口移步，出门前说："你看，我自己话倒说多了，见笑了。今天的餐品两位慢慢用，我们按会员价算。"

我没有欠身。重心缓慢地回到身体里，我靠在椅背上回想着什么，也在辨认着某种心念的接续。经理的确说得不少，而且把我拉回了两年前那天的烦躁之中。负罪感飞散之余，填充而来的果然是更加不妙的感觉。她说对了，那晚我确实受不了有第三个人和滋滋啦啦的噪音，加上那些烟雾，似乎什么都会让我要说的话走板变调，显得不堪入耳。而体面地谈谈我们要谈的，也许是我和友芝都老早就在期待的。

现在友芝也沉默地坐在那里，越过我望着那扇窗，仿佛寻回了与我类同的感受。我想起了当时我和她更多的举止细节，包括脸上有待驱散的僵滞和虚饰。或许是我们自己的状态让我们对别人的浓妆和假笑更为敏感，也下意识地腻烦。我们太该好好了结那个夜晚了，哪怕事毕不再一同回返，而是即刻各自扬长而去。不幸的是有人在我们身边，用炭火烘烤个没完。

"要不然，我把窗户打开吧……"

那女孩的声音和妆容重又隐现。当晚对她发作无疑是个方便而轻浮的选择，我们都心知肚明，只是对随后的事未及料想。那个子虚乌有的幽魂陪伴了我们那么久，也把我们缠结裹缚了那么久，现在骤然松脱，使我和友芝如同两截枯木散落开来，才恍然想起自己身为何物，又是如何地腐朽。更让人慌张的是，我们身上断裂的茬口必然已经陈旧霉变不堪直视，谁瞟上一眼都会暗自战栗起来。

造物须臾

造　物　须　臾

深夜里,我在卧室的地上坐起来,是跌倒之后的自拔。

下面大概没什么好读的了,这就是整个故事。接下来我应该站起身回到床上,实际上我做的也跟这差不多,只是多了些许停顿。膝盖作痛,我该是跌伤了它。勉强站直后我有点过于清醒了,脑子里水蛇一样游过一些想法。

我听见自己粗粝的呼吸声和尖细清越的耳鸣音。

其实我已经无意识地朝床迈了一步,快要缝合了这个夜晚。而床在几步开外,显然我不是从上面滚落至此的。床上被子里有个人,埋着头脸,在一边蜷曲着身子。床边的器物是一把椅子，椅背上混乱地搭着衣物。这些并不碍我的事，是我想得太多了。简单地说，我觉得自己不认得这间卧室，也不认得床上的人。这一跤是怎么跌的，一时更说不清楚。

床头上方的墙上挂着深色的相框，作为墙上唯一的挂件，它小了些，形廓也老旧了些。相片里深浅颜色交杂，应该不只有一个人。不知道里面有没有我。我惶惑一时，怕自己存在得毫无来由，如同一根悬空而生的蘑菇。然而毕竟，是否知道自身的来由是个诡诈的问题，没有人时时把自己的名号身份和故旧历史摆在意识的表层，昏睡半宿就更谈不上会有多么周全的自知了。相比之下，对周围世界常数的知觉显得更为要紧，它顺利地在头脑里绽开，便算情况还好——眼下这个世界虽说来得唐突，但显然仍在靠逻辑和因果律来统辖。我能感觉到自己在晦昧状态也默念着"因为""所以"，试图连缀这对关联词来解读所处的局面，也能感觉到自己行事遵循规律和情理是既成的定势，因而要在一间尚未认出的卧室爬上一张尚未认出的床足以让我却步。

我冷静下来，稀释了对自己的惧怕。我没问题的。面对一张床尚且如此，遑论来充当一个无法解释的角色或者做出什么悖谬于理论的事情了。

我可以信奉这个世界的一定之规,接受它的拘束和牵制。信奉让我松缓,这是我这样的人应得的。但在这个节骨眼儿,在这片以浓黑来填充的空白里,我感觉它给我的犒赏不只这些,有灵感和顿悟无需捕捉就撞进我怀里——如果我身处于此必定匹配着一个理由、做事铁定合乎情理,那么接下来趁着浓黑和空白,我随便做点什么,都会反过来投射出与之对应的理由和情理,进而自动厘定出我与这个房间、与床上人的既有关系吧。如果原本不是如何如何,眼下我又怎么会如此这般,对不对?链条的一端系于我身。平添奥妙的是,我隐约觉出我经历过这种混沌待开的情形,也做出过自己的处置。我向着床又走出一步,那种隐约的感觉几乎凝结成为记忆。

如果这夜的情形是时空重新开启暂留的马脚,那么我曾经经历的可能是上一次重启。和眼下一样,某种界面还没有完全凝固,无论我做什么都将自动获得一个统摄前因后果的解释。与这次不同的想必是在那个时刻我纯然懵懂,没想过除了睡回床上还有什么其他选择。在那片黑暗里我走了几步,到了床边,然后掀开被子的一边,就那么把身体滑了进去。一瞬间，床上的陌生人变成了枕边人，墙上合照里有了我们的一双脸孔。大概我在那个时点才感觉到某种微妙的机理可以利用，但仰躺落定，容我参与定义的东西已经所剩无几。我只想到，一对同床共枕的人总该有他们并肩睡眠的耐用仪态吧，至少都该有个舒服的空间。于是我把耳朵边上她戳过来的一条胳膊抓起来，推回她的体侧。这动作一定含带着几分淡漠处之和理所当然的意味，而这意味又获得了相配的情由背景。那是一条左胳膊，在被我抓起挪动的同时具有了肥白浑圆的中年妇女特征，我们由此彻底变成了一对中年夫妇——她是发胖了的那种女人，我是常常起夜的那种男人，依稀的印象中后来我们无限长久地一起生活着。

如今当然是一次崭新的机会，我没道理不考虑更多可能性。椅背一角瘫软垂挂着的是件浅色的女式内衣，床上躺着的便该仍是女人。出于谨慎我摸摸自己，在身下还是摸到了那团东西。相比这些不再可变的，我和她的此前记忆和今后可谓真实的生活，都会被我接下来的选择影响。比如如果我重复上一次的举动，她就有了丈夫，但只是会把她的胳膊推回去的那种。显然我和她在都醒着时，就不擅长相互依偎。她是否情愿身边有我，或者说是否愿意生活里有我这样一个人？大概难有一个喜人的答案。以同样的问题扪心自问，我当然也没法回答。但现在我有机会很轻易地甩开这种沉重的问题。我可以在卧室里外翻找一番，拿一些财物逃走，那么我就只是一个入室行窃的贼人。我偷盗了她的东西，但可能拯救了她和我的余生。

我的脚趾动了动，那些靠墙的冷硬箱柜和可能放着财物的其余地方都静候在周围，我没能迈开脚步。黑暗当中正漫涣着无穷无尽的滞重，相形之下这个选择毕竟轻率了些。要是我弄出响动惊醒了她，要不要施以重手给她狠命一击？到时我很有可能焕然化作一个为非作歹的熟手，由不得眼下的自己心慈手软。说不定在外间地上会冒出一个起夜喝水时遭我击倒的男主人，被我的选择拉进场景，却已经枕着一摊正向四外爬开的黏血……

总该还有别的路径，容我踏入其他方向。

或许我还可以走到床边替她掖好被子，然后转身回到另外的我自己的房间。这样一来就不同了，她就会变成我的女儿。她已经是个懂事但还不太会照顾自己的女孩，我对她疼爱到晚上会多次醒来，起身过来替她盖好掖好被子，有时也会把她的长头发从脸上归拢到耳朵后面，再推推搭衣物的椅子，让它靠紧床边，以免她像个小娃娃一样翻落下床。考虑到所需的查看频率和照料手法，我并不放心由她妈妈来完成这个任务，只好牺牲自己每晚的完整睡眠。有了女儿，我们过的日子会温热许多，仿佛是被捉摸得到的意义每天缠绕着。

我再次迈腿走到床边，是床上人躺卧的一边。膝关节和腿上皮肉的疼痛让我自怜。我走到她脊背后面，抬抬手，但没去触碰被子。女儿触手可及，可我并不确信应该把她变为现实，有一种隐隐的悲观在胸怀间涌动。她的身体如果伸展开来算得上颀长了，她已然长大，我陪在她身边继续做慈父也不会太久了。而且这未必是令人伤怀的主因，因为我突然怀疑这个选择也曾在某个起点兑现过。大概世界不止发端一次两次，而是可以悍然不顾地反复铺排。在似有若无的前事里，我忍了腿疼为她掖好被子，事情则在暗处显露出它的阴幽质地，像洇湿的画作呈现出令人怔忪的别样面貌。她压抑不住呜咽抽噎的声音——女儿不是尚未离开父母，而是被迫回到家里。在自己的生活里受到创伤后，她别无选择。那么她妈妈也不是在懒懒睡着，而是在我们自己的房间饮泣不止。我忍不住要在深夜来看看女儿，但不知道她有没有入睡，一旦惊扰了她又该如何抚慰。跌那一跤显然就是脚步踯躅所致。

仔细辨认这一片暗夜，哪里有祥和温暖的气息。或许曾经有切入明媚的机运，可早一闪而过，现在世界的基调已经落定。我无法乐观地左右情状，令它在我指掌之间化作美好的既有，我只能去避免最差的局面。因而她不能做我女儿，同样也不能做我母亲，否则就会浸泡在孤独和悲伤中，不是被戕害得失去自己舔舐伤口的力气，就是病恹恹的老兽一样逃不出凄凉和恍惚，而我完全无力护佑也没法安抚。与其贻害至亲，还不如和床上的人乖乖地做睡在一起的一对。

看来最好如此，无论算作偏私还是凛然。而这自然还是让人心有不甘，知道可以亲手塑造点什么，谁又能一下子熄灭念想。我想，和她捉对同床，却也未必要呆板地就范、整夜睡得沉闷吧。既然我在床下醒着，要做的就可以是去叫醒她。而叫醒她的方式也会明快地勾勒出我们的关系。

我可以走到她肩背后面隔着被子拍拍她，如果她还不醒过来，我就拍打她露在被子外面的皮肉，直到她扭过头来眯着睡眼看我。

"我得走了。"我就这么说。

她听到了,但不得不完成一次睡与醒边界的深长呼吸。她用睡眼向我表示疑问,我便重复我的话。

"他不会回来的,我不是说了吗?"她声音含混。墙上的照片里他搂着她,他深色的衣袖搅开了她上衣的浅色。

"跟他没关系。我突然记不准她的航班了,不一定是下午到,也可能是凌晨。"

"见鬼……"她把脸重新埋回被子里。

我已经在穿外衣了,当然没有告诉她我刚刚摔倒在地,只说了一句混账话:"反正你睡得好,身边有没有人都一样。"

她也回应了相似的一句:"我是想说你干吗要叫醒我,又不用我送你出去!"

我知道她这个晚上不会再睁开眼睛。这样就好了。只是我得走出去,在这个浓黑的夜里穿行,因为寒凉或者焦急而小跑几步,抱着胳膊或者皱着眉头。大概只有到了做出赶路姿态的时候事实才会定型,我才能确知自己刚刚有没有为了离开而说谎,如果没有,我就需要一点好运,让自己妥妥当当地先回到家里独自歇息，等着将要从机场回来的人。

整个过程一定像团团迷雾结聚为清晰的形态一样，我在其中梳刷知觉也摆放自己。

再想想，要是足够果断的话，夜行回家这点辛苦和不安应该也可以免去。我仍然可以隔着被子拍拍她，如果她还不醒过来我就拍打她露在被子外面的皮肉，直到她扭过头来眯着睡眼看我。

"你得走了。"我可以说。

她听到了，但不得不完成一次睡与醒边界的深长呼吸。她用睡眼向我表示疑问，我便重复我的话："你得走了——我不习惯只睡床的半边，也不想破那个例。"

"破什么例？"

"我说过，我这儿从来不留女人过夜。"我打开灯，然后靠在窗台上点起一支烟。

"是你他妈主动说要我在这儿……"

"那会儿咱俩不是正动弹着吗，边喘边说的话你也信？"

她瞪着我，气鼓鼓地坐起来，穿了胸衣，接着得把搭在椅背上的各种织物统统穿戴上身。"你们果然都是人渣！"

我低低地吹出烟雾:"对不起了,我不擅长从那边下床,刚才摔了一下,心情立刻不好了。"

"你擅长什么?"她自然有点狼狈,但照旧要把后面的头发扎高,"我看你干什么都像摔跟头似的,都那么快!"

我做出承蒙夸奖的表情,又吹出一口烟。我知道墙上相框里的照片早就被我抽了出去,替换进去的是一张电影海报,甚至没有塞平整,边角处的树枝和河道都打着皱褶,几个外国乡野女孩始终没心没肺地在画上嬉闹。

她离开时摔了门,我的烟头在气流的波动里亮了亮。

这个版本自带深夜的懒散和浑浊,几乎让我满意。她就在我眼前,我可以如法炮制,利落地赶她离开,自己身体里则会留有那种释放过后的平静和重归自在的惬意。我生发出由内到外的蠢动,伸手拍了拍她肩臂上的被子,指尖和布面之间发生了若干静态电荷的转移,距离为一切赋形只差一线。

她没有醒,至少没有扭头看我。这本该引我再次伸手拍打,可我感受到的却是一阵庆幸,是让自己有点厌恶的那种。情状好比没能把炮仗点燃,心里为不用听那炸响而松快，要乖乖地退开。略加思量我便得承认，刚才动作的力度和触及的位置都不足以唤醒她，这下意识的拿捏好像不可逾越，如此便挑明了一个问题——此时的我与想象中那个可以拍醒她的角色并不相像，恐怕就算能开个头，也不能顺畅地滑入那条轨道，担演那种狎弄人间的人。

从起初的脚趾蠕动，到迈了腿伸出手，想必我的肢体一直在细密地颤动。得偿所愿从来都不是轻而易举的。

空想了这么多，我也应该开始明白，那种叫做秉性的东西已经凝固在我身体里了。它与我对它的容忍相互盘结滋长，从外到内箍缠而来，选择的余地其实越收越窄。也可以说我没能先知一样早早脱逃，已经差不多困住了自己。在此间我敏感卑怯，心思重重患得患失，哪能胜任自己任意选取的情节走向？

为这我沮丧了一会儿。人最好晓得自己的斤两，而不是临场称量。

就算还有心出逃，我也只能尝试在挣扎中酝酿迸发，承认将要面临危恐张皇，再借用挣扎和迸发的力气来承担它。跳进激流再图畅泳，这大概是我讨得果决的唯一办法。

我抓起椅背上搭的衣物，把像是贴身的部分放在鼻子底下使劲闻了闻，这勾当彻底弃绝了我和床上人可能成立的若干种关系，只保留了可怜的几种。自我压迫已在施行。不过不太合心意的是，并没有什么浓重的气味可以让我变得足够强悍。可能我需要走出卧室，不顾摔疼的腿脚，带着困兽般的蛮力在客厅里兜走几圈。只要出离那间卧室就能具有的放肆劲头可以证明我与这处家宅的关系。我会看见几级台阶上的主卧开着门，起身之前我是躺那里的，而刚去的，是保姆房，所以那里睡着的女人只是我家的保姆。她在我眼里既不可或缺又无足轻重。在这个家里她只能用自己的水杯喝水，但我起夜时却会有意找到她的杯子来用，比如在这样的暗夜……在外面我会燥热得要命，几步奔到桌台旁，即刻就要用她那杯子喝几口水，可暖瓶里倒出的水太热，我对着杯口又吸吃得过猛，烫到了嘴。我终于恼火至极，可以闯回保姆的睡房、一鼓作气地掀开她的被子扑过去了，那架势就像是另一次跌倒，无可挽回。她醒来但没有醒透，还没做出什么动作，嗓子里也只是哼哼着。我这样的人自然不相信自己略施威吓就可以轻易得逞，所以会迫不及待地挥手给她结实的一耳光……

太过疯狂了。我的手又在身下摸着那团东西。大概是刚才想象自己在客厅里狂走时，它坚挺了起来，想到保姆的杯子，它达到了刚强的极致，但眼下它软塌塌的，可能是被头脑里彩排的粗暴吓到了。我又拿起她的衣物更使劲地吸嗅，这次闻到一些冷却在织物纤维间的体味儿，但还是没有扫除自己受到的惊吓。我等了自己一会儿，可时间和机会自然都不多了，施加在身体上的惊吓，变成了惊吓加上焦急。

我呼出浊气，胸膛塌陷下去。最令人软弱的，是自己悉晓自己的软弱。无论浓黑还是空白，都没法施与扶助。形神皱缩，薄汗湿凉。这样，我想她不必是我家的保姆了，更不必在夜里遭人扑斗。这一番虚实再次证明了我的确敏感而心思重重，身心秉性确实已经固化无疑。挣扎迸发之想换来的，不过是凌乱的寒战和抽动，至少在这次正在铺排成形的世界里我就是这副样子。

连她翻了个身，也让我腰身哆嗦。我从她身后退开几步，绕过床尾去往床空着的那一边。我想这只能是我的家里、我自己的房间了，床上的人恐怕也只好是我的妻子，再要勉强去兑现残余的变数不知道会引来多少不堪的局面，何况刚刚闻过的衣物味道没有带来一丁点新鲜感。

然而我是抿合着眼皮接受这结论的,似乎事情仍然不该就此作罢。那些叹息般短寿的念头明明只堪凭吊,要是还有什么不能死心放下,或许就是我仍然不知道她是谁,不知道她容貌怎样身材如何,会怎么颦笑怎么搂抱。算不上玄想了,可我和她是否庆幸彼此依偎,我们之间是否还有可圈可点的亲近甜蜜?这些既然仍悬置着,就该还可以由我出手设定吧?至少也该剩下个小小的旋钮给我,让我把它扭到新的刻度。

我在床边坐下,掀开被子的一边,把两条腿先后滑了进去。躺下的事已经容不得耽搁,却也草率不得,因为残余的可能性会由我进入被窝的每一个动作来孵化。她的一只脚斜伸在我这半边。显然我不能先去归置她的体姿,就算那貌似顺理成章,推开她的肢体、打发掉她的触碰会有何后果毕竟已经心知肚明。现在侥幸再次得来的机运虽然已经快要被挥霍殆尽,可只要有最后一线容许伸展的缝隙,我就不想放过。

头一躺上枕头我就侧起身对着她。她现在背对着我,而且头远脚近,因而我没法亲吻她,否则这会是一个最为有效的触点,来让昨天和明天都幡然甘甜几分。她不必当即醒过来回应，不醒甚至更好，我会展示深夜里的任性与轻柔，那么那份甘甜就是确凿无疑的了。这是个逻辑与情理的世界，若不甘甜，我怎么会在被窝里静静地朝她伸长脖子噘起嘴唇？现在我迫切需要找到或者说设计出代替亲吻的动作。肩头已经倾斜，手臂已经要伸探过去，感觉有点像一时不知道怎么剥开一颗软烂但据说还甜的果子。短时间内能想到的，莫过于某种抚摸，我是说可以命中要点的那种。我横下心，手略过她的脊背，伸向她的臀部，我需要把手不轻不重地贴压在上面，开翕指头滑动那么两三下，但不必过多耽溺。如果一切都对劲，在她很快或很迟地转过身来之后，我仍然会施以一吻，那便会是油然而发的了。

破局在即，我的手还是在细密地颤抖，但颤抖毕竟是多义的，谁能说它专属于卑怯软弱，而与深情和兴味无关？现在手半张开，探到她的两个臀瓣，摸出悬念揭晓的莫名感觉。说手感温软也没错，热乎乎的，可是所触碰之处过于疲懈，同时还是湿的。我心下和肢端分别震颤，两厢竟没有通畅的传导。事先我当然无法断定包括手臂哆嗦在内的所有身体细节会与哪种释义、哪种因由绑定在一起，但眼下我迅疾地灵慧起来，承认了对于生灵而言年月风化的厉害，也就是说，承认了身躯老朽的威力。刹那间，那层棉布的纹理质地也变得无比熟悉，我立时知道触摸她的屁股乃至胯裆是我每晚都会重复多次的动作，是陪伴这种病人睡觉时的微小巡逻。

她身下果然垫着隔尿垫。我也有了刚刚下床时的记忆——我此前就摸到了潮湿，要去帮失禁的老妻换洗，但迷蒙里跌了一跤，摔得一定相当狼狈。现在，我完全记起了她和我分别是谁，心里熟知了彼此的模样、嗓音、颈纹和气味，也明白了椅背上的衣裤不太刺鼻是因为她已经很少把它们穿上身了，而且整间卧室的气味背景其实就是一种复合的不清洁的身体味道。我们是在几年前开始这样相依为命的，更早的时候我们只是并排躺在床上、显影在床头上方的合照里。后来先是女儿出了事，她又愁苦得患了病，几经反复便到了卧床的地步，夜晚常常需要我在昏沉中起身照料。我也慢慢只剩下了苟延残喘的力气，和她一起浑浑噩噩地打发昼夜晨昏，双双归于这种形式的近切齐整。我们之间的阔别只出现在我洗完她失禁弄脏的东西，自己又去厕所站着苦苦等尿的时候。

我知道她的睡眠轻浅凌乱，像落在窗玻璃上的雨水。她应该听到了我刚才摔倒，但分辨不清响动来自梦里还是梦外，也没有力气开口说话，或者她早就不觉得躺在那里表示关心有什么意义了。她曾经胖大得不合时宜，如今却被消耗得如同一个包着几根柴禾的口袋。而我枯老得就像柴禾本身。我伸出手来证实这一点，瘦长灰白的手指枯竹枝似的分割了灰黑的视野，我怀疑根根指骨之间已经没有手掌连缀着了。我为这些已觉悉晓的东西打了冷战。顺手在自己头上抹了一把，果然摸到了痛处和大片的黏血，闻到了它腥咸的气味。这大概就是被戏弄得淋漓通透的感觉。

"你怎么了？"她嘴里终于发出含混的语音，我听得懂。她是等得太久了。

我说："我摔了，腿伤了，头也破了。"

她也听得懂我爬出痰哑喉咙的话，她只能忍在那里了。黑暗一经凝固，便陈旧得令人窒息。下一次如果还容得选择，我不会和她一道来到如此境地。我咬了咬臼齿，两腮早就没有能鼓得起来的咬合肌了，但我决意若有下一次，一定要在那正待凝固的界面狠命挥斥，彻底改换情形。甩开她也好，赶走她也罢，就算是偷盗她的东西，也能把自己锁定在年轻的光景，同时也等于放过了她。如果选择掀开她的被子，我会做得更莽撞并且伴以剧烈的气喘,做足年少轻狂或年轻盲动的样子。也许我会挨她一耳光、遭到若干蹬踹,什么都做不成,那反倒更有意思。总之只要是与这一次不同,一切都会感觉好得很。

若干开头

若 干 开 头

开头

最好的开头莫过于一次惊遍身心的拍击。犹疑刹那飞散,肢体不觉间已经在另一种介质中挥摆起来,回心转意的机会刚刚还鲜活着,一下子已经恍如隔世。

盛夏以外的北方野浴完全是关于入水的。选择其实很简单,要么一寸寸浸入,被腥冷的水凌迟啃噬,要么让它一口吞吃,再图重生。如果入水后还有心睁眼看看,见到的混沌洪荒会慢慢化作晃荡的日光、蠕动的怪草和惨遭污泥裹缚的石头。把头抬出水面之际一般也正是方向突然隐遁之时,面孔被水亵玩,一种咳嗽的迫切需要和一种憋回咳嗽的更迫切需要拧在一起，绞住呼吸，脑子里难免有一片片来不及成形的绝望在闪动……这么快，入水者便亟需另一个开头了。

开头

他看见在枝杈上摇摆的和正在翻转飘飞的树叶，还有长空和天边模糊的远丘。

他看见树干和树旁的女孩，路上还散落着几朵被采拔了的粉色野花。日光扑弥，风吹散野花，让它们点缀空阒。一切聚拢于一瞥之内，显得格外明艳，甚至有些晃眼。有什么酝酿着行将开始，然而无从发端。

他看着树和女孩。

开头

远景近物都停止了移动，车定住，像爬虫舒展腿脚一样陆续开了四个车门。这就是车里的四个人想来的地方。或者说是其中三个人想来这儿。至少有一两个吧。

野外的空气已经被吸入他们的嘴巴。稍后在坡下的水边，帐篷支了起来，东西安置好了，椅子和钓具也准备好了。一块卵石被扔进水面,虽然老板斜了身子出手低平,但卵石还是没能在水面弹跳,几乎是咚的一声深深地击入。老板的夫人戴上了草帽,朝另一个方向远望。女孩则紧挨着站在她身后,像在用心地排着一条属于两个人的短队。

一时没什么可安顿的了,家庭野外休闲开始了,司机便独自爬回坡上,钻进车里。

"不错啊。"老板刚才下车时这么说,仿佛在称赞司机选址得当。随后他又朝夫人说:"怎么样,我就说该来吧。"

夫人点点头。那时女孩儿站在她胳膊旁边,呈一个短横排。女孩已经将近夫人那么高了,身板比她宽且厚实很多。女孩嘴动了动,司机隐约听到一个"尿"字,但老板和夫人都张望着别处没做反应。

老板接着审鉴景致,一边低声说:"不出来怎么知道。"

就好像他一下子悉晓了这一切。

开头

事情最初不是从今天开始的,但日后多半要从今天讲起。

今天是司机第一次载着老板全家出游。上路时除了必要的几次问答，司机不多言语，看上去很懂老板的规矩。但离开市区后，他从后视镜看了一眼后排座位。老板身后的老板夫人，也就是他叫嫂子的女人，第一次稳定地映在他眼里。她一直扭头看着车窗外，露着扭转了七八十度的脖子，耳垂很圆润。司机身后是老板的女孩，在用吸管响亮地吸啜着什么盒装饮料。

后来后视镜或许被他看得发了烫。不知道是否有某一刹那他的眼神在镜子里被捕捉到过。

他至今没有跟老板熟络起来，老板也不像想知道他在想什么。昨天夜里老板打来电话，让他选个地方，天亮带他全家去郊游。老板声音和口气很差，不像是在安排郊游，倒和去年扇他一耳光那次差不多。得到指令后司机便没能再入睡，凌晨他出去给车加了油，又做了些准备。

光芒一旦出现，天亮得其实很快。老板一家起得也很早，但在车上老板显出了困倦。进了郊野，路过了几处可作目的地的地方，司机问老板要不要下车，老板都没有睁眼，只不高兴地哼哼。嫂子也不吭声，车就没有停下，仍向远景奔去。

其实嫂子刚上车时说那一两句话的声音很好听。可路上车里相当安静,灰色车窗玻璃暗化了大部分色调,鲜活的只有女孩嫩黄色的衣裳和一直戴着的遮阳帽,她像野鸭群里的一只充气黄鸭。

车又飞驰了许久,已经很远了。

开头

有一朵黄色的花,在被发现的同时也被踩进泥土里。这是一次事故,它快要被从鞋印里提拉出来时,另外几朵花就在几步之外,正在一阵风里哆嗦。女孩走过去,这次小心地拔起一朵,被抽出的细茎是潮湿的。黄花在女孩浑圆手指的捻动中飞快地转动,颜色更显明艳。现在风停了,只有女孩粗重的呼吸可以撼动那旋转。

她喜欢的黄花远处还有更多,她忘了自己刚才喜欢粉花。今天她第一次踏上泥土和野草,但她无疑有这样行走的天赋,几番过坡涉水,身后的帐篷早已经变得渺小不堪。后来她爬上坡找到那辆车,把一把粉花郑重地交给它顶戴,便扭头开始寻求另外的欢快。

肚囊里倏地轻松起来后,今天果然变得更加愉悦,看来昨天夜里他们在客厅里喊叫，还有刚才他朝她发力挥臂，都是这愉悦的预告。

开头

真正可以开始的，似乎只是这次游水。老板在水下转向时才适应了这摊水，少年时他是游泳队的，可现在他居然容忍了自己刚才喝进一口水的表现。他没戴泳帽，前额的头发难免向脸上流水，这不意外，他同样没穿泳裤。这次下水像是意气用事，也有点像蓄谋已久，好比岸上的场面，让他面色阴郁，但又仿佛早已见惯。

帐篷里躺着他老婆，坡上歇着他的司机，野草间游荡着他女儿。除了女儿起初需要他给个脸色挥摆胳膊才独自离开，应该没什么不合他的意。游回来时，他在水下看了看他的鱼钩，诱饵还乖乖地留在上面。当然钩上没有扭摆着一条鱼，这让今天显得真实。之前他架好鱼竿抛下鱼钩在岸边枯坐时，也并没有指望会钓起什么。老婆始终在他余光中，一会儿举起手机拍照，一会儿坐到石头上，一会儿坐在石头上举起手机拍照。足足半个小时之后她才朝帐篷的方向走。从老板背后经过,她进了帐篷,抱膝坐在垫子上。

老板离开鱼竿,跟进了帐篷。他脱光了自己,帐篷反而显得更仄了。他凑到她身上,以为今天可以正式开始了,甚至提前叫唤了两声,拱动了帐篷。但阵阵紊乱的气喘过后,他只得停下来,骂了一句,然后恼火地出了帐篷。爽快的只是入水的扑通一声,可以开始的,似乎只是这次游水。

开头

开始时明明就很平常。从平常到异常,有时有一个锐利的转折点,残忍却也让人沉迷;有时则像生长一样不疾不徐,让人假想中的次次疑惧层层叠合,渐渐形成高灰阶对比的影像,雕琢一般深刻,放射科胶片一样沉重。说不准这两种情形哪种更友好些,好在它们也都不是静候取舍的,不必由人从中做出选择。无论如何,开始时,很平常。

开头

浑浑噩噩从这一天的初始便涣漫而来,浸泡了凌晨和清早，好像也没打算放过余下的光景。就这样，司机还是规规矩矩地把车开到了远郊。

车停妥当，老板和他的妻女下了车，都笨笨地走下土坡，司机稍事服侍，就知趣地回到车里。野草和野水还好，没什么令人不满的，虽然也没有什么会让人真的满意。

至少女孩像是开心的，在视野里时隐时现。

司机打了个哈欠，可以睡一会儿时，他的记性却开始灵光了，想起大概两年前他见过女孩。那时他刚刚为老板工作，便被告知得带老板的亲戚去一趟医院，到了老板家，上车的亲戚就领着这女孩。司机瞥了她一眼，心想，够胖的。他当时太尖酸了，假如拿今天的女孩作比，他不会那么说当时的她。在去医院途中，那亲戚打电话问了要去的科室在医院哪个方位，还翻来覆去也记不住"脑部核磁共振"几个字。他只会不断给女孩吃的，也不断用外地口音说着什么安抚的话，俨然把女孩当作一头大号的幼兽，担心她撞笼子。

其实女孩的模样还不错，难怪今天看到她妈妈，也就是老板夫人，司机觉得似曾相识。他记得那时自己相当厌烦女孩身边的亲戚。到了那家有点偏远的医院,司机没听他碰运气般的指路,自己问了路,把车停到做核磁共振的楼门口。那亲戚拉着女孩进了门,让司机不用等了。

现在老板的家庭郊游已经开始了许久,比两年前高大得多的女孩只是在摘野花,偶尔会蛙跳一下,如果换作一个小几岁的孩子,她的动作姿态其实也没有什么问题。司机这么想着,然后看到女孩张口把手里的一簇粉花吃掉了几朵。

女孩的状况司机当然听说过。他有点羡慕女孩,永远不用花心思做选择,而自己在该如何摆布自己这个问题上考虑过太多次,尤其是去年挨了老板一耳光之后。当时他打算过自己把这车远远地开去北边,让他兄弟找门路卖掉它,然后留在那边干点什么。今天在坡上的车里,这个旧主意又游荡在他脑子里。其实这些年来他已经不做什么离谱的事了,但不知为什么他今天有种挥之不去的感觉——他在老板手下可能待不了多久了。

开头

寻找是在正午时开始的。阳光莽撞地铺张下来,野外的气温由风凉略过暖和，直接变得炙热。这不是隐匿的好时分，但那些颓丧摇摆的高草和树木枝条、水面隐约可见的阴鸷水草又都俨如热衷包藏。远天也积聚着几坨云，沉稳得不合时宜。叫喊声反复地响起，多好听的声音都难免刺耳。

车呆呆地留在坡上，帐篷更是蠢货一样留在水边。其实上午时，一切也只是过得去的样子。

开头

司机回到坡上抬眼张望了一番，觉得看得越远越会失去方向感。钻进车里前，他朝坡下望了望，老板已经架好了鱼竿，老板的夫人，也就是那个他该叫嫂子的女人，戴上了草帽朝另一个方向远望。到了郊野许多人都会这样发一阵呆。女孩自然不同，她紧挨着站在她妈妈身后，像在用心地排着一条属于两个人的短队。她的郊游还没有开始。老板看了他的妻女好一会儿，在女孩脸朝着他时大幅度地向外甩了甩胳膊，老板夫人再挪动步子时女孩竟然没有继续跟着，站姿像呆愣也像畏怯。

一切这么安静而又让人难以忍受。司机坐到方向盘前，想做点什么不同寻常的事。或许他会在老板叫他时装睡不起，像死掉了一样，让他再光火一次，可这就算真的有意思，貌似也要等很久。他拧动钥匙把车向坡沿提了提，老板和嫂子浮入视野中。他不知道自己想干什么，但显然冒犯已经开始了。老板仍只枯坐在鱼竿旁，嫂子在别处一会儿举起手机拍照，一会儿坐到石头上，一会儿坐在石头上举起手机拍照。司机没有见过这么蹩脚的郊游。

只有女孩嫩黄色的衣帽点缀着郊野。女孩忽近忽远地在野草间闪动，挺立起身板时，就算在远处也会呈现一个饱满的圆点。司机出神地望了她一会儿，打了个哈欠。

要不是后来嫂子朝帐篷走，司机就真的睡着了。嫂子走进帐篷，身姿倒还松弛，但老板扭头盯着她，随即也跟了进去。司机坐直身体，发觉帐篷很快就像一颗老迈的心脏一样卖力地搏动，节奏紊乱可还算求生心切。

似乎有一两声叫唤传出。司机的头已经顶到了侧面的玻璃上，手也去抓握挡里，里面很快顶起了硬物。一副不容逆转的架势。

开头

  这里也算有人来郊游了。相比距离城区近一些的几个地方,这里的草高而驳杂,水边的泥黏滑,水里又没几条鱼。上午不早了的时候,一辆车开来,停在了坡上,出来两男两女。他们下坡支了帐篷,在水滩旁架了鱼竿,可似乎悉数心不在焉。一个男的又上了坡,四下张望了一番回到车里。一个胖女孩起初紧紧跟着另一个成年女人,后来自己停停走走,采花去了。可能他们的郊游还没正式开始吧。

  后来那个成年女人和钓鱼的男人先后进了帐篷,不久,男人独个光着身体出来跳进了水里。这时的水应该是很凉的,他游得有点仓皇。与此同时,那个胖女孩却已经走出了一程,从一道相当陡的坡向上爬,手里坚持攥着一簇粉色野花。上坡之后她附近却是光秃的,恰好一棵树或一片茂密些的草都没有。她向路的两个方向来回看,然后朝他们的车走去。不过在相对平整的路面,胖女孩的步态却显得有点怪,两条腿好像都不太敢朝正前方迈进。

  胖女孩把手里的粉花放在车顶,还重重地压了压,实际上还没等她转身那些花就被吹飞了。不知道她有没有察觉，这其实应该不需要动用感官去察觉吧。然后她走开了，在车路另一边几十步远的地方，她得到了一棵树。在使用着大树同时也照料着它之际，她试图蹲着搂抱它并轻声交谈，仿佛在哄劝一个更胖壮的妹妹。随着身下潺潺排解，她的神色轻盈了很多，脖子也灵活了几分。一抬眼，她发现身前几步是另一个坡，下面有更多的花和水。

还是不像郊游的样子，他们该退回清早，仔细地重新进行一遍。

今天应该是司机载着老板全家出游，大概是第一次。

开头

他看见在枝杈上摇摆的和正在翻转飘飞的树叶，还有长空和天边模糊的远丘。

他看见树干和树旁的女孩，路上还散落着几朵被采拔了的粉色野花。日光扑弥，风吹散野花，让它们点缀空阒。一切聚拢于一瞥之内，显得格外明艳，甚至有些晃眼。有什么酝酿着行将开始，然而无从发端。

他看着树和女孩。他干脆探起身逼近后视镜从中盯视，女孩戴着遮阳帽，穿着嫩黄色的衣裳蹲在树干的另一侧，白色弹力裤的上半截在膝盖处堆出皱褶。

他脑袋里嗡嗡响，摇下车窗喘气，但这让他能更清晰地看到后视镜里的景物。女孩的脸似乎有些涨红，她胖乎乎的，但在这种情形之下这从来不算是干碍。

他刚刚在车里没能入睡，便注定了会发生什么。现在他咬了咬牙，松开手里握的硬物，推开车门下了车。他终于可以直接朝目标望过去走过去，却一时眼花，没看准女孩在哪里，也辨别不清该是哪棵树了。他向一个含糊的方向迈开快疾的脚步。

他知道，女孩的眉眼有些像她妈妈。他是带人家一家来郊游的，这是第一次，看来也是最后一次。

开头

寻找是在正午时开始的。

高草和树木枝条在颓丧地摇摆，水面下阴鸷的水草隐约可见。只喊了两三声，老板夫人就喊破了音。女孩离开家后原本是紧跟着她的。在水边老板挥手赶女孩走其实她也是察觉到了的,但她反而走进了帐篷。

她居然身处这次郊游之中,这和她前夜嘶喊着索求的根本不相干。蠢到可笑!

这样出游说明她和他同样混账,以为另外开启些什么就可以假装化解了问题,以为在卧室做不到的事,来到郊野就能办好了。只看自己在路上的仪态,包括对人家司机的态度,他们就该确认自己是两个可鄙的、凌乱的家伙。有一瞬间她眼风扫过前排的后视镜,见到了司机的眼神,那才算是稳定有力的眼神,透露出对过活还有着某种寄望。

现在受到的惩罚果然不轻——女儿不见了。她终于可以定义自己了。或许她勉强可以做个妈妈,却不配做一个特殊孩子的妈妈,她对女儿不算差可也绝不够好,她护着女儿时常常是为了给他颜色看。

她不知道该在坡下寻找还是该爬上坡去找,草枝已经划破了她的脚踝。对女孩落单后在这片野地里会做什么她全无头绪,自己只是在该解手时才想起了一路都在喝饮料的女儿。在此之前她只管心不在焉,只管躺在那个蹩脚的帐篷里面,而他只管压在她身上出丑,然后跳进水里去发疯。

帐篷乱颤的时候她想司机在坡上一定看到了。

人丢了之后，他倒呆子一样安静下来，没有随她喊一声。司机尚且能毫不耽搁地四处寻觅。其实在女孩和这个家庭之间，是他们配不上她。如果今天能找回女孩，她想，无论如何要有一个新的开始。

开头

这边的野水有点河流的架势，水两边和当央几处小岛上的花草也很丰茂。司机扶着几块石头下了坡，其实是有点吃力的。脚滑脱了几次，他开始有点怀疑女孩下了这边的坡的判断，但在坡沿时，他的确认出了女孩曾依凭的那棵树。

他开车载老板一家来郊游，下车望了高天，帮老板架起帐篷时也闻到了泥水的腥气，但还是没有想到自己会以这种方式参与这次家庭郊游。嫂子叫喊了起来，他也没理由置身事外了，加入了寻找。只是他没有跟他们分享他的线索——就在他们意识到出了事前几分钟他还见过女孩，看起来女孩知道她撒尿应该找些遮掩，但又不明白一棵树并不足够。

胖是胖，可女孩的面容并不像智障，当然司机并没有这样恭维过老板。

司机也不会说闲在车里的光景他正握着下身躁动着,便看见了后视镜里的树和女孩,而且后来他还咬咬牙下了车,直奔那个方向走去。他不知道也没敢细想自己要干什么,只知道一旦做了什么便不大可能像什么都没发生过一样。或许那会鞭打自己重新考虑某个兄弟的建议,把这车远远地开去北边卖掉,然后留在那边干点什么。然而女孩不见了,司机吁了口气。他在几棵树旁逡巡了一会儿,看到了那棵树下的尿水,似乎还有几个下坡的脚印。

在支帐篷的那道坡下,嫂子的喊声已经移动了很远,老板刚刚野浴过的肥腻身体上想必也套好了衣裤,该选个方向去找了。司机不由自主地循着女孩的踪迹走去,心里却并不真的希望由自己发现她。也难说刚才女孩不是看见他走过来才跑开的。

到了水边,司机选了一个晃眼的方向,一条不好跋涉的路径,慢慢地行进。坡下的谷地随着水路延伸,不觉间进入了连续的弯转,百八十米之外都不得望见,地上的黄花渐愈稠密,在前方挤挤挨挨层层片片,颜色似乎总是比脚下的更加明艳诱人。头上来回出现的灿烂强光其实让人容易想起少年时,可他想到的只是一些为老板做事以来的干瘪小事,当然这总比只回想那一耳光要好些。

开头

　　回返时,他们都快忘了有来就该有回。车从远郊返回城区,像是要到一个陌生地界去,不知道要经受些什么。车里没人说话只有沉默,气氛和来时的截然不同,虽然来时车里也没人说话。

　　天色本来不该这么暗,下午乌云忽地封盖过来,气温跌堕,只是不肯下雨。然而现在车里却潮湿透了。司机抬眼看过一眼后视镜里的后排,只见到水雾覆盖着的瘫软和僵滞。

　　郊游是午夜定下、天刚亮时开始的。若看出发时一家人的兴致,这趟游玩本来应该过早结束。当时有人困倦,有人只把眼风抛在车窗外,只有女孩在用吸管响亮地吸啜着盒装饮料。算是由于大家的默契,车开了很久很远才停下。车上的人下车时,虽然慢腾腾地毫不兴奋,对这荒寂却也并不挑剔,似乎觉得自己只配得上这里。

　　现在看起来,他们还是配不上。

开头

还好，朝哪个方向走都可以，寻找没有线索也就没有限制。老板远离了妻子，他受不了她的喊声。后来他上了坡才发觉身后那处坡势平缓，算是把他托送了上来。一群鸟从他头顶迅疾地飞过，他还望了望它们，像个迷路的老头。想到自己正在做什么，他觉出一阵心慌，随即他下了另外一道坡，在低处的草木之间他觉得安稳了很多。

他弥补不了一切。当年妻子的爸爸把生意交给他，已经说明他足够擅长立世处事。后来的处理也都没问题，包括每一次隐忍和强蛮、每一次求取和施与。如果说有时他显得不够好，那可能刚好是对方应受惩罚时。的确，昨晚的争吵他一时不知道该如何收场，但从另一面看，妻子终于诚实下来，不再假装那孩子能听懂吵骂。她也放开了喉咙，是个开头。怒火给了他灵感，他该引入一件他们从没做过的事，让情势有机会重新流淌开来。朝哪个方向流淌都好。

眼下女孩不见了。他和女孩之间相处的记忆历来难以明晰起来，现在他想多回忆起一些，想来照料和花费也不会缺少，而不是只有刚才的那次挥手驱赶。

他坐下来回想,右脚扭碾着脚下的花草,碾出一小片潮湿的黑土便再站起身,随机选个方向继续走下去。

身边的野水有点河流的架势,水两边的花草也很丰茂。日光时而收敛,时而重新明晃。

既然久久没感觉疲累,老板便没打算改变自己的节奏,直到他看到一处水潭当央发生的扭摆。当时他随着水流转了一个弧弯,迎面目睹了那动作,努力而又静默,无力宣张而又不愿息止。扭摆的源点是粗大的,连荡漾开来的道道涟漪都是宽绰的。源点处水面上几次拱起肢体,上面裹缚的衣物是被绿水浸透了的浅色。

老板的上下嘴唇之间慢慢裂开一道缝隙。他当然明白那意味着什么,少年时他是游泳队的。回忆里他遇过的水有很多种,有的温暖有的清冽,有的带些诱惑,刚刚游过的和眼前的腥冷粗鲁,光在水下没头没脑地晃荡,泥石在水底不管不顾地沉伏……

几秒钟后,老板听到扑通一声,近前的水面被击破了。后来,关于女孩的点滴记忆终于在他脑海里连缀浮荡起来,比如女孩幼小时其实是最爱朝他笑的,那笑态与其他孩子的一样明媚,还有长大些后有一次她挨了一巴掌气急了,叼住他的手指,气得哆嗦却并没有发力咬下去……

开头

那天车从远郊返回城区,像是要到一个陌生地界去,他们一度都忘了有来就该有回。车里没人说话只有沉默,气氛和来时的截然不同,虽然来时车里也没人说话。

郊游是午夜定下、天刚亮时开始的。若看出发时一家人的兴致,这趟游玩本来应该过早结束。当时有人困倦,有人只把眼风抛在车窗外,只有女孩在用吸管响亮地吸啜着盒装饮料。没想到回返时天色这么暗,乌云封盖过来,气温跌堕,只是不肯下雨。然而潮湿在车里蒸腾起来。几个人身上都不干爽。女孩闭着眼躺在后排,上身被她妈妈抱在怀里,湿头发被捋向脑后,只有额头上缘的绒毛原地鬈曲着。她时而鸣响憨直的鼾声,妈妈的眼泪滴在她脸上,几件别人的外衣盖在她身上。

沉闷多时,车外的噪音驳杂起来,自然是终于进了市区。老板的脑袋离开椅枕,有两次向后扭了扭,但都没扭到可以看到后排的角度。他妻子不再流泪,也并不抬眼，这时在反复摸女孩的额头。实际上正在发热的人是司机，他浑身湿透了，但只脱去了夹克，衬衫和裤子里的水还浸泡着他。光线暗弱掩盖了他的脸色，夜色里他两次开错了路，到了该拐进老板家的小路时他也似乎没有认出来，是老板提醒了他。

司机也理解不了今天的自己，他还没有时间整理头绪。用掉那股劲之后，他也捞回了自己，咳出了腔子里的水，其实已经算是一种福报了。

车在那幢房子前停下，老板解开安全带，然后下车拉开后排的车门，先取走几样东西。老板夫人抱着女孩没动，对司机说："我们去另一个地方住。"这话声音低缓却响亮，发烧的司机和车门外的老板都听清了。过了一会儿，后排车门关合，车又慢慢开了起来。

"嫂子……"司机声音也喑哑了。

"在西边新区。等一下帮我把孩子抱到阁楼上去。"她说。

在等一个红灯时，她把手指关节贴到司机后颈上，湿凉使司机细微地抖了一下。

"你发烧了。到了坐下喝杯水。聊几句。"

他做了一次吞咽，喉咙还不大难受。

变灯了，车得重新驶动，不容他把今天的事一次回想清楚。有几个闪回倒是不时绽现，胡乱扯动着他的心绪。

溶液

溶　　　　　　　　　　液

　　我开车带她来到弧城。弧城不远，因而我此前从没带她来过。以前我总是想，要带她出行就要走得足够远。

　　现在我们一起来了，我却像把她当了向导，问这问那。我们找到她上个月住过的旅馆，住进她那时睡过的房间。为了要这间房我在前台费了点口舌，但总算如愿了。从气象记录上看，一个月来这里的气温竟没什么变化，我相信街景和透射室内的光线也是。身上还有力气，出来原来不难。我含笑打量着一切，决意要把这次旅行的每一刻过好。

　　我们要先休息一晚，明天一早自驾去郊游。明天已经是清新和亲密的了。

我让她舒展地躺在床上，我依傍在她身边。我要确保她身体放松。上次她初到时，一定是把自己扔在了床上，卸掉所有蛮劲、深深地呼吸后才流出眼泪。

"有时我真像个蠢货。"我用喉音替她再现上次所想。一个月前那天我刚刚从焦躁中抽出空来和她狠吵了一架，她便跑了出来。

她看着我点点头。她的嘴微笑，眼角却及时地渗出眼泪。

泪珠应该和一个月前一样圆滚，这想必是此行圆满的预兆。我要了点酒，我们喝起来。时隔这么久，她记不清上次酒的牌子了，这也说明那并不重要。如今翘了几次杯底后她一样喝醉了，昏睡过去。我抚摩了她的鼻翼和左腮。

次日早上，我给车加满油，把东西准备好，才换上车里那件休闲西装，回到房间门口敲门。她被吵醒，应该还不大舒服。

我问："我看起来怎么样？"

她问："这就开始了吗？"

我问："早吗？"

她没回答，去梳洗。等她时我甚至有点心急。

她穿戴好后我牵着她下楼，回到车里，她可以闻到车里刚喷的古龙水味。

我开动了车，带她兜风，向城南行驶。弧城的路顺畅，路旁偶尔会有一两座古旧建筑或者石雕。这是一座小有名气的文艺之城。

它的确适合做某种回忆的背景。我的咀嚼肌鼓了鼓。

车行到那家美术学院门前，我转了进去，然后才想起补问一句："进去转转好吧？"

让人在校园逗留总是很容易。我们参观了他们的毕业作品展。我看似信步，其实担心这个展览上个月的有些展品如今不在了。还好，那个肚脐凸出的躯干雕塑还在，那螺壳里伸出的肥厚红唇也在。她经过它们时，我端起她的相机给她拍了照，并删除了上个月她在相同位置的留影。

一幅摄影作品里是重影层叠的人像。不同人的多张面孔叠加，远看是张模糊的脸，走近观看可见很多只眼睛很多张嘴，令人眩晕。作品题目是"溶"。我于是有点兴奋。来弧城前我对她说过，叠加即是消解。可现在我不能停步过久，她得像上次那样浏览下去，不该出离情境。

转过一组表现哭泣的摄像作品，我亲吻了她。这是一个被冷落的角落，附近故弄玄虚的作品被别处更加故弄玄虚的作品抢光风头。我使出了初吻或最后一吻的吸吮力。我想问她这力道像不像，但看她虚弱的样子我收住了傻话。

离开展馆，她告诉我可以从学校的另一个门出去。我有瞬时的恼火，把车提起了速度。

城南阳光充足，我的眼镜片变成深色。她头倚车窗闭上眼。顺着主路转弯后两侧尽是田野。我一度有点困倦，近来我睡得不多。我和她以不同的方式眯着眼。然而终于来到这一片树林旁时，我很快认出了它，停下车。很静，也很好闻。我们下车，迈过一些草石干碍，去到林间深处漫步。高处的树叶极力拦住阳光，因而被照得通体明亮，脚下的草层暄软。水洼大概在林外一侧十几步远的坡下。

她走远一些，靠在树干上。树木其实比花更适合女人接近，不管它枝叶多青翠，都有一根粗糙的树干，女人靠上去会显得分外鲜嫩，至少是柔软。

我端详她靠着树扬起下颌的样子。

"在这儿他又亲你了吗？"她要继续走时，我不得不问。

"没有。"她边说边走开。她应该没有生气，我设计这次旅行时她湿腻着两眼，喉咙里拱动着大块的"对不起"。

追上她，我时而揽住她，时而任我们的肩膀和手臂频繁摩擦。我从她衣裳上摘掉几片叶子，又为她拨开拦路的树枝，这些显然是任何一个陪女人逛树林的男人都会做的。

我像猴子一样在林间呼吼时，她正处平静沉抑。我的第一声好像把她吓了一跳，然后我开始变幻出几种声调。我推测一个精力过剩甚至有些亢奋的男人是会这样的，带着造作的清纯和模拟的爽朗。

惦念许久，我跑去采了一朵粉瓣白心的野花给她，上次她得到的花大概就是这种。我打开相机翻找照片，担心这花没有照片里的那朵醒目。上个月回去后，她冲印了持花的照片，镶进了相框里，我知道背面还写着"暂得一香"四个字。可现在在相机里找到原片后，见得当时她手里的花幼小而色淡。我嗤笑着删去照片，还是握着她的手把我的花放在她鼻下，甚至杵到了她鼻孔里。我知道嗅觉对记忆的意义。

她的感官不会拒斥这情景。我拍下了她和我的花，又拍了几张树木间的她。

"该去钓鱼了。"我不想让这次漫步短于她上次的,更不想让这次比上次冗长乏味。

"你真的想那样?"她问。

"当然了,反正这么多年我也没有好好陪你。"

我回到车处,拿出渔具、坐凳和食物。我坚持自己提拿所有的东西下坡,略有踉跄。她回头看了我一眼,似乎也瞥了瞥正在远离的树林。我又向她确认树林里是否发生过亲吻什么的,她又否认了。

鱼竿那套东西需要抽拉组接,并不很驯服。我背对着她鼓捣了一阵子。架竿时,我仔细问她上次垂钓的位置,微调几次,终于安置下来。相机取景委实与上次吻合,我甚至恍惚见到了上次他们的坐凳在水边泥地上留下的痕迹。坐下来的确舒服,阳光刚好晒不到,风把水味儿扫进鼻子里,几近解渴。视野少有地澄净,她的眼睛水样明润。

鱼钩甩进水里,我们安静了下来。野趣郊景中,她凝望着水面的两个倒影,我的映象随水波时聚时散。也许她眼里还会出现那个男人的样子,但一个月来她所受的魅惑可能已经开始松动含混了。

"我是该早点让你享受这些。"我望着浮漂说,"很美好,我也能感觉到。超离,懒散,还新鲜。身边的人是谁都这么美好。"

余光中她垂下了头。她知道我的意思，但心里还不舒服。我反复想过也对她讲过，恣意地过一天不是罪过，何况她一向记不牢新相识的面孔，一切都还可以解救。

总之我说了，我真的理解，而且我会处理好。

水边开始了一段沉默，这在意料之中。她什么时候这样都不奇怪，无论在那天之前还是之后。鱼漂动了一两次，但我们什么都没钓到。我可以弥补。后来她站起来，沿着水边走开，裙脚沾了泥水。水那边的野草显得比这边葱郁，其间那些窃窃弹动该是蛙类的蹦跳。

我收回她的鱼竿，俯身从桶水里捉起我早上买的活鱼，用力捏住甩摆的鱼身，把鱼钩穿进它的上颚。并不是很容易，场面也不大好看，鲜血涌流并飞溅。一条鱼怎么会流这么多血？我开始生鱼和垂钓运动的气。可使命感再次使我平和下来。进入同样的背景，叠加另一份印记，其过程是解题也该是审美，好比是把第二种溶质搅进溶液，让人无法离析先后，只能欣赏再生的色泽和滋味。

我朝她的方向举起鱼，喊出欢畅的声音："鱼！"

她回来的步子不快,我朝她使劲勾手。

见我把鱼递到身前,她还是有点紧张。我说有我呢,就把鱼嘴给她。她犹疑着伸手去摘鱼钩,我看见了她食指上留下的小小疤点,一个月前这里是一处小伤口,三十天间用拇指摩挲它成了她的习惯。她摘钩果然怯懦笨拙,动手帮她是很自然的事,我捏住钢钩也把持住她的手,隐敛地用钩尖又准确地戳破了她的疤点。她疼得叫了一声。

鱼像那次一样跌落,但还在泥地上扭动。我把它踢进水,同时把她的食指塞进嘴里,帮她吸吮鲜血。她的手冰凉,让我感觉嘴里的血更腥冷,由此也可知她能感觉到口腔的温热。

"上次是这样吧?"我问。这样可不合临床医护卫生标准。

她抽回手,额前的头发垂了下来,遮住了眼睛。那条鱼再笨,进了水洼也不见踪迹了。轮到我了。我只脱去外衣,面对水面上的自己竟可耻地打了冷战。

我明白我不同于那个人,可对她来说,一面之缘最堪记的,该是鲜明的环境和事件形态,而非特定的填充物。当日的欢愉畅快正听凭重演,她记忆里弧城伴侣的形象会两相变幻交融,我的模样和姿态即将荡漾其间。

念念有词地，我在泥地上蹬腿跳进水里。腾跃比预想的潦草短促，入水前我来不及吸气。拍进水面，身体当即被野水刷凉，扭拧了几番我才得以露出头，任几条水草挂在身上。不知道那个人在她面前戏水时是骁勇还是俏皮，上次他没捉到鱼，但一定像鱼一样放浪。我尽量学着那样子击水向远处游去，游到一簇挺水草茎之间才急迫地喘了几口。

回到岸上时，我当然累了。出水后的愿望就是脱掉湿水下坠的裤子。

"你不打算转过去吗？"我嗓音古怪地问她。她转身走开几步，我脱光了自己。接下来，我应该把外衣系在腰间，拧拧湿衣服，把它们晾在石头上。中午过后我们应该驾车回返，回到旅馆她应该让我赶紧洗个热水澡。然后我应该穿着浴衣与她相对，其时我们应该急着用嘴去找对方的嘴，应该连为一体倒在床上翻滚……这些都是已经规定了的。但在水边赤身裸体时，见她正走到一块圆润的大石旁，我突然有了另外的想法。

她从石头上收回眼风时，我已经走过去从背后抱住她，一手扣在她胸前，一手搂着她的小腹。

"在这儿是不是应该有一次?"

"胡说什么!"她想摆脱我的胳膊。

"你再想想,我们不能有疏漏。他在这儿脱了衣服。"

"没有,在这儿没有。"

我得给她讲讲她的经历:"我不是说你喜欢躺在石头上,但这种事都是凭心血来潮的。刚才那片树林其实是很好的铺垫,你说在那儿没怎么样,好,我信。但在这儿……怎么可能还没什么?"

不知不觉间我就使上力气,把她拥到石头上了。她则吭吭哧哧地试图推开我。我对她用这态度能否过好今天感到忧虑。

"你也知道,漏掉场景最不好办!"我压了上去,好像有两句央求。后来她不动了。

可能是因为疲劳和刚刚的冷水,我做事情费了些周章。我起身后,她在石头上躺了一会儿,也坐起来,抱紧胳膊裹起身体,开始掉眼泪。在家里她刚刚承认了事情之后,坐在我面前等我开口说话时,也是用两臂围裹身体,慢慢地哭了起来。

如果她开始哭泣,我就该承担更多了。今天还有很久要度过。我拿出吃的东西,发给她鱼罐头,又丢给她一个面包。我没找到给自己准备的牛肉罐头。从水里出来后,我领略到风的冷硬,一度有点腹痛。勉强完成了午餐,我在石头侧面靠坐良久。后来我发现她没吃多少东西,鱼罐头我忘了帮她打开。这不太好,她很少饿肚子。我开始喂她吃。她不看我,东西喂到嘴边才张一次嘴,如此重复,直到我觉得她吃好了。

午后返回时,我的衣裤根本就没晾干。我只套了外衣外裤,把其余衣物和渔具一起扔进了车后备厢。弧城之行是我确证了情况后连夜安排的,拖延时令的话我现在也许会冷得打战。虽然我不是因为怕冷才雷厉风行的。当晚拖拖沓沓的交谈过后,我们都在床上静了下来。深夜我叫醒她,她的泪痕还在脸上,我讲给她那个原始部落的习俗——男人发现女人有了外遇从来顾不得打骂,而是即刻同她做爱,目的是用男性局部的蘑菇状结构尽多地掏刮女人身体里的外来精液,再把自己的精液捣进去,混合残留的那些,极力减低她被别人致孕的可能。多原始,又多理性。

"你懂我的意思吗?"那晚我问。

她说她不会因为那天而怀孕的。她没懂我的意思。

"我在打比方,我说的是这儿——"我盘腿坐起来,指着脑袋告诉她,"我是说那些印象,在你脑子里赶不走的那些。我们应该去重新来一次,去搅拌去挤占那些印象。"

然后我讲了很多话,直到天亮。半宿里她脸上的眼泪干了好几次。

现在我们应该已经完成了一半任务吧。所谓的返回,其实是继续前行,绕弯子去找主路兜回市区。车子走得可以说磨磨蹭蹭,也可以说细致持重。到了那段土路,我望见了前面的另一片野水。她承认过发生在这儿的欢笑,眼下她不说话,我也不会略过。我熟悉相机里取景于此的那些照片,希望我能做好。

"准备好!"我说,然后加速,斜插水岸冲了过去。这片水开阔得多,水面有刚才水洼的十几倍大,有像样的岸,岸边野草过膝,腥气十足。刚刚望见的那些活动的斑点现了原形,变成一群野鸭惊飞起来,扑扑啦啦掠过车前窗。那些照片其实没拍好,有大片的模糊,我由此推测了车速。如果无知地慢慢推进,鸭群就会翻书一样三三两两地跳开,情景自然不会这么好看。

"哈!"用力笑了一声,我停下车。效果不错,除了末尾车在几个坑洼里颠了一阵子。她无动于衷,反倒眯起眼。

"我去后排躺一下,我累了,有点不舒服。"她去了后排座,侧卧下来。

我也不必保持欢快了。"上次在这儿你舒服吗?"

"也不太舒服,怎么了?"

"你拍了那些鸭子。"

"然后就没力气了。你知道,我有时有点晕车。"她声带松懈地说。

我下车拍照。出于模仿,我向水里抛石头,拍摄水花,动作让自己厌恶。受这方清幽勾引,我朝水里撒了一泡尿,风灌进外裤,直接粗鲁地刮擦腿根。我花了点时间排净。在车后门外,我透过车窗看她,看了好一会儿。她可以躺得那么柔软,我刚刚察觉。我翻过一些杂志,从中看过好些女人,有些面颊俊美皮肉明艳,但卧姿生硬。那些沙滩,那些床,毁了那些摄影模特该有的娇媚。

我拉开车后门:"怎么样,好点了吗?"同时我也跨进去,挤进后排。

她蜷了蜷腿:"干什么啊?"

"我是想说,刚才我也是推测——"我吞吞吐吐地,凑到她腮前说,"也许你们不是那样,不是在石头上,而是在这儿,车里。我觉得我们,还是得把事做周全……"

在后座她再次推搡了我,还像兔子一样伸腿蹬我。

我相信我们的默契是深埋在内的,不依赖肢体协调,甚至会得到肢体失谐的烘托。

信念维系了许久。有一片刻,斜射的日光略呈棕色,吹进车里的风带来了些许蜇痛。

我们再启程时有些晚了。我有点急于摆脱土路,眼角也不舒服,行车又让她受了些颠簸。希望在她未来的记忆里,她唇边和上臂的伤不是我弄的,是车座碰撞的。总之我没办法,这次更加力不从心,老早就气喘吁吁,从石头上到车里,腰肌也几近痉挛。我需要她停止扭拧。起初我怀疑是她暗示我别错过这里的,觉得她是不好说白,也怕破坏这一出的自发性,后来混乱中我糊里糊涂地动了手,她则嘶叫了几声。

"我没别的意思,这样总比……"

一本地图册从后座飞来,掠过我耳朵砸在车前窗上。车扭了扭,我把控住方向盘。接着说:"这样总比错过场景好些。"

我打开了车里的音乐。肠胃又开始难受,我认路困难,并开始担心又有什么幽静而引人逗留的地方出现。

回到旅馆，天色已经暗了。我们吃了点东西，我给她要了一碗汤，给自己要了一瓶酒。我们都没喝完，我猜我需要酒，但不知道需要喝多少。我最明确的任务来了。

进了房间，我佝偻着换鞋，不慎坐倒在地。我笑笑，嘟囔着说身上还有水草的气味，然后看着她的眼睛。

她开口说的居然是："我们再谈谈行吗？"

"我想先洗个澡，不碍你事吧？"我连忙说。

在淋浴间里，我把水温调到接近烫人，扶着墙让花洒冲击头顶许久。皮肤由滑腻变得红嫩。翻洗下身时，我的手均匀地颤抖，手背竟是率先受不住水流浇烫的部位。或许这有帮助呢。

出来时我身上还泛着热气，浴衣敞露胸口，腰带松松地盘在腰间。她还站在窗口，没换衣服。从这个角度看，她的嘴角竟伤得不轻。我张了张嘴，看她的样子，事情不会很轻快。我吐一口气，坐在床上，前额的头发也垂了下来。

"对不起，在外边时我有点心急，尤其是在车里。"我想把话说得坦率又奏效。

她摇摇头，然后说："我早想好了，这趟出来怎么都不怪你。"

我倒不希望她事先想好什么,不想她的预置心态让两次经历容易区分。她咬咬下唇:"我也没资格怪罪。只是今天我感觉,这不只是一个谁该怪谁的问题。"

"对啊,不是。我就是也这样觉得,才要这样过这一天的。"

"不是,现在我不是那个意思。"她把脸转向窗外,外面已经是夜景了。她又哽咽了很久,才慢慢开口:"你不记得了吗?我们以前,很早以前,有一次就是在车里。"

我脸上的皮肉慢慢沉降下来。我想反问她什么,没能说出话来。那应该是一辆借来的车,我们去的是她家乡附近,那天我们好像很开心。在后排座位上,我拼命推拉座椅,同时对她说了些热烘烘的话。现在我可以记起这些,却不大敢继续回想那些声音和影像,它们随时会被淹浸,基调也会改变,变成我问她感觉如何,说我们要把事情做周全,然后让她别推我……

"大概也是这个季节吧,只是那时我们还都……"

"你提那些干什么?"我烦躁了。今天应该有所指向,我必须有所行动。我抓着她的两条胳膊,把她往床上拉。她被我压在床上,这次连手臂都没挥动。

我独自忙乱一气。敞开浴衣后,我悬停在她上方,迟迟感觉不到自己可以继续做什么,终于绝望地倒在一边。

喘息过后,我对着天花板说:"看来这样不行。"

"你明白了就好,开始时我就想说的。"

"不是小孩子了,我自己早该想到的——我应该准备点药。"

她湿漉漉地笑,眼泪丰沛起来。

"那个人……不是陌生人。"她说,"我们认识他。"

我扭头盯着她,又似乎惧怕她的声音。

泪水从她眼角一股股涌出来,她用力说了下去:"我们都认识他,所以没那么简单,那天就是那天。"

有嗡鸣声在我颅内回荡,我听不清自己有没有问出那句换作谁都会问的话。

她说了一个名字,然后又重复了一次。我看见了她的嘴型。

"我们的确是偶然遇上的。他身边的女的走了。起初我们只是在聊你,他说他最了解你。后来……他也很后悔。"

她语音里开始有很多鼻涕声。我坐起来,像个耐不住平躺的心脏病人，喘气成了唯一的活计。几分钟后我摆开浴衣，开始起身穿衣服，动作越来越坚决。

她看到我穿上了外衣外裤，正在潦草地拉拉链系扣子。她看上去前所未有地关切眼前，同时又被突如其来的呆愣攫住。

"我是想过早点告诉你的……"

我听到了她黏涩的声音。我拨掉桌几上的不少杂物，找到了车钥匙。

我们都清楚，那个人是我朋友，而以朋友相称，是因为我和他都觉得挚友不必唤作兄弟。

她拧身下床，想要拉住我："这终究是我们俩之间的事，你厌恶我或者仇恨我都好……"

我边摆手边挡开她的手。

"其实路上我就感觉这样不对头了，但还在自欺欺人。"我克服了喉咙里的一阵不适，试着稳下声调，"现在好了。他不是别人，是我最好的朋友，不会不帮这个忙。"

她蠢笨，还没明白我们该做什么。

"我去找他，趁季节还对。我们三个一起来，什么细节都不会错，以后你的弧城就会有他也有我！"我去弯腰穿鞋，嘴里或许还余留着喃喃自语。他那里离得不远，我有几年没去，但心里一直记得，不需要怎么辨认道路。

我清楚他，在树林里他不会那样呼吼。我们一起混过几年，他足够知近，为人也足够体谅，当着他的面我可以吃几次药，她也不必噤声。

我腰身哆嗦着，拔脚往外走。她跌撞着跟到门口，还张皇地说着什么，就像我对她说的是另外一番打算似的。我只好摔上门纵步走开，让那声沉重的门响或者别的什么，把她封闭在这弧城最对的空间里。

对　　她　　好

对　　　她　　　好

几年来，我最常想的一件事就是对她好。

不同于那些饥渴寻觅伊人、忧心落空的年轻人，我知道她就待在阁楼上，也永远不会拒绝我对她的好。这让我更难不想这件事。

原本她不是这样的。我还记得她叫我起床晨跑的嗓音，和旅途中她拽着我踏上甲板的劲头。我并不是个勤快人，但她会为了那些事给我点甜头。她为了我搬来这儿，生活了十几年。人们说她对我好，所以我现在该怎么做是显而易见的。

出事之后她住进医院。如我所说，那是暂时的。随后我把她搬回家，她躺在床上，眼仁上浮，目光似乎嵌进了头顶墙壁上的一道裂纹,左臂时而突然伸直,然后像时钟分针一样缓慢地放下。这条曾经总是揽着我的胳膊成了她肢体上最活跃的部分,有时它仿佛指着什么,而且使着顽力。

"别这样,这是暂时的。"我又对她说。

后来改变的只是她卧床的位置。她回家的第二天,我把她从我们的床上挪到一张单人医疗床上,那儿有她或许需要的可曲折床板,和她不会需要的护栏。那床是一份心意,我问了卖家很多,选了一种价格很高的。在之后几个月里,有两次我夜间醒来,看见医疗床上她的头歪斜过来,像在与我倾谈,眯眼细看才能看见她的眼仁仍高高吊起,只露下缘。我先把她的床推开几码,直到窗下,自语说这样通风更好,过了一阵子,我雇人收拾了堆放旧物的阁楼,然后把她抬到上面。不知出于何种愿望,后来我略微挪动了医疗床的方位,使她再伸直左臂时就像在指着高处的气窗。

或许我想帮忙让她的动作看似有几分意义。已经没人指望她自己会做到这点了。

对她好的念头就是在这期间越来越凶狠地拍打我心头的,即便随着她位置的迁移,我为她付出的已经越来越多。

刚回家时，在我们的床上，我只顾用手指梳理她的头发和揉捏她的四肢，后来我还睡着在她身边。随后的日子，我也只是每天为她做两次口腔护理，每个钟头给她翻翻身，时而换洗她的被褥。除了这些，就只有为她调制和填喂流食，做做预期效用微渺的康复按摩，坐在一边对她说说话，在她扬起左胳膊时去握一会儿她的左手，慢慢揉软那臂弯。有时我想再做点什么，但只是靠在桌椅边，久后抹去眼角渗出的泪珠……后来不同了，尤其是在阁楼上照顾她度过一个冬天之后。我所做的让自己劳累感倍增，现在逼近了极限——我每天都得上楼去看她一次，每次添加食物又推她朝另一边侧身后，二十几分钟就花费掉了。在每个比较空闲的周三下午，我都去清洁她的唇舌和门齿，就算上面没了新棉签时，我也会沾湿上次没扔掉的在她上下唇间抹擦好几下。下起大雨的时候我还会另上去一次，关上阁楼的窗子，并为发现她又变成软塌的仰卧而叹息。往往不久之后，她床上那种腐浊的气味就弥散到楼下，越来越浓，促使我再爬一次楼梯上去打开窗子。凡在她周围时我再也没有停顿下来过，没有安坐在旁握那只手，也没有倚立直至溢出眼泪。

做了所有这些，得到的回报居然是她的褥疮。

我买了些软膏和消毒水，先涂在她髋部，又铆力把她的身体翻面，揭开粘连在屁股上的褥单，涂药在她尾骨上方。这恰巧是我们开始相处时我的手喜欢逗留的部位。我捏着纱布时笨手笨脚。她两腿间的毛发和也快被疮口侵犯的臀瓣如此静默而坦荡。我闻到了那种腐浊之气挥散到楼下之前的原味。

涂也涂了，抹也抹了。几天后她的伤口从暗红色变成了黄色。我观察片刻，打电话给她住院时的主管护士，问这样是不是正在好转。护士严肃地问我给她用了什么药，叹气之后说她还是来一趟吧。

她带了另一些药来。

"在楼上。"我引她上阁楼。这似乎不在她意料之中。

护士先给她翻了身，并把她的被子掀下来，不大斯文地扔到地上，又要求我为她换褥子。我一时找不到别的，便下楼抱起自己的被，但留下了我的褥子，只扯下褥单。换好后，她一边涂药一边问我多久为她翻身一次。我在想用哪种计时单位来描述时，她说："知道吗，你们在医院时给我的印象很深。你守在她床边问我们她的病情，那么细心，后来还讲了你们之间的事。我说给其他护士听，我们甚至有点羡慕她。"

护士走之前又帮她换了个体位。在门口她对我说："我还是相信你能护理好她。"

于是对她好成了一个更加郑重的问题。说得完整些，就是我怎么才能让自己重新对她好。我意识到这个问题其实已经在我心里盘旋很久了。虽然外人对她的问候越来越少，但相谈时我更爱把话题引向出事不久后，从而听到他们对我当时动情表现的复述和对我尽责许诺的称赞。我在竭力让一些流失的心意回流。这次打电话给护士，又何尝不含带着这种意图呢。

而护士那几句话另外给了我一些灵感。除了重温自己对她好的决心之外，我该多多回忆我们的从前。我们曾经在同一所学校里互不在意，却在成年之后因为一次偶遇而一拍即合。那时我刚刚因为失败的恋爱而神伤意懒，遇到她竟发觉我们彼此其实那么熟悉。我们对对方的习好和怪癖往往不问自明无师自通，明明我们在学校里没说过几句话嘛。这在她身上表现尤甚，她坚信我曾经告诉过她我的消化功能障碍和由之引发的几件尴尬事，我们第一次约会时她就知道这些，提起时还弯下腰强敛笑声，但我百分百确定那些是我对任何人都绝口不提的。这样诡异的事时而发生，于是有一阵子我们一旦闲下来就去探究其中有什么被遗忘的由头或者神秘的原因,有过即将触及答案的感觉,却从来没有兑现。后来随着我们一起经历更多游历更多,回忆里的答案难免被新的记忆掩埋得更深。

现在除了阁楼上的光影不会再有新的记忆累加上去了,我却早就不再回溯什么答案了。

追忆从前应该会有帮助,因为那里面有足够多的她对我好的例子。我说过她在另一城市有更好的生活,很少有人会放弃她曾有的那些。她郑重地问我是不是坚持留在这里时我觉得她多半在预备说分手,可我还是决定碰碰运气。我定睛看着她,深深点下头。当天下午她就开始了搬迁,了结了她原来的一切。后来她选了这栋房子,我没来看过就在电话里说了可以;她那段时间没有工作,便买了材料和器物开始装修填充它,知会我时我在电话里说,行。

她看中了房子带的阁楼,因为她知道我懒得扔掉旧物,总是住得逼仄。"而且,"她认真地说,"吵架时可以有一个人上来住。"十几年来,我们还没这样利用过阁楼。唯一一次吵架过后,我下了班上阁楼找她,但上面照旧只有我的旧自行车,瘪篮球,旧书刊,几罐剪下来拉链、朋友帮我收集的各式旧连蓬头,和其他一些次要点的东西。我慌张地走上街头，她竟在一家蛋糕店朝我龇牙挥手，系着店里的围裙。她在跟女店主学做蛋糕，说这样可以避开那些让我肠胃闹腾的食材。她告诉我当天是我的生日，她查过万年历，确定我是星期五出生的。

起初我觉得有阁楼的弊端是它必然藏纳尘垢，需要我们上去打扫，后来我感到它竟能神奇地自洁，我间隔几个月上去一次也感觉它光洁如新未染一尘。现在显然这地方失去了它的自洁能力，每迈一步都会踏进纠结成絮的灰尘之间，引起一阵升腾和回落，窗玻璃布满雨水的痕迹，墙壁的霉斑分为黑色和墨绿色两种，组成的花纹变幻多端。

我知道她如果还是原来的她会怎么做。我摇高了她的头枕，像是让她能看到窗户，也像是请她督促我似的。我找来抹布去抹擦窗玻璃上的水痕，没想到听到了难听的刮擦音——雨水留下的痕迹竟变得这么粗粝顽固，仿佛强碱液体留下的蚀痕一样。我接了一盆水，浸透抹布再去擦，效果仍没什么改观。我累了，扔掉抹布，坐在她床边。似乎有一个喉音发出，我看看她的眼睛，觉得那多半是我自己发出的。

我想我该好好为她翻翻身上点药，然后再为她松松肌肉，但并非要马上动手，因为她刚刚这么接近窗景。我下了楼，喝起一罐啤酒，瘫软在床上。结果当天我乏累地睡了过去，忘了上去为她调整体位，让她戳立着脖子迎着窗风待了将近一天一夜。

第二天午后，一个我曾经带过的实习生顺路来看我。我找东西给她喝时在屋里喷了一些空气清新剂，女孩对气味总是很敏感。我们聊天，时而像以前那样大笑，抿着甜饮润喉。这时阁楼上传来一声吼叫，虽然不尖厉但怪透了，连我也差点把喝的喷出来。我对那女孩解释了几句，同时那吼叫再次响起，起伏不绝。后来人家没坐多久就告辞了。我则带着怒气上了阁楼，我对她一挥手，说了脏话，然后才发现她还保持着昨天对窗的坐姿，只是头栽歪到了一侧，嘴唇干得灰白。

我竟对她说了脏话，很大声。这是我们相识以来的第一次。我平息了自己后，为她翻了身、上了药。我还润湿了她的嘴唇和舌头。同时我承认要对她足够好，只凭回忆远远不够。

消沉使我更容易觉得劳累和困倦，在家里度日成了地道的苦熬。单是爬上阁楼的念头就会把我累得气喘吁吁，离家出外的感觉倒有点像当年下班回家。

这期间她表弟打来电话问她的近况，说他这段时间有空，会过来看望她。我已然不在乎谁来看望，可是稍后我忽然想，也许我脱离开一阵子会是个好方法。去我和她曾经去过的地方待上一阵子，放空厌倦的情绪，应该可以引回真我。去别处，这个念头让我腾地站了起来……我是说，如果这能让她之后得到更好的照料，无疑是件好事。

于是她表弟来的时候我说他来得正好，要不然我真不知道该怎么办呢。我说她曾有一笔投资，现在生意亏了，有一些账目要了结。"估计这笔钱刚好可以让她做几个疗程的康复。"我这么说，同时察言观色。没想到他倒是很干脆地答应下来，一副挽起袖子要即刻就位的样子。

"姐，我才来，你别怪我。"他坐在床边握起她的左手，好像快哭了。那只手这时纹丝不动。听说他们俩小时候在一起玩耍过几年，像很多亲戚玩伴一样，先是扭扭打打，后来姐姐开始懂得疼爱弟弟。

我告诉他该怎么照顾她，显然说了很多我自己省略已久的项目。我一定脸红了，但坚持不厌其详。让她得到细心护理的愿望，在我要离开之际重回高点，这也许是我的办法将会奏效的兆头。

两天后我启程了。走出门时我甚至还没想好要去哪儿，但这似乎不重要。我背着行囊回忆了她带我去的很多地方，后来选择了一处海滨，那是我们相处之初去到的几个好地方之一。在飞机上我久久地看着窗外浩荡的云层，以同一姿势度过了半天航程。我找到我们住过的旅馆住下，走下记忆中的海滩，游我们游过的海水，烤吃我们烤过的海物。当年随她来时我不大顺心，她说我没兴趣的话可以一直留在房间里睡觉，不用陪她。实际上后来她却轻易地劝服我融入了她的每一项安排，不知不觉我就陪伴了她全程，竟没觉得疲累。

重温昔日，度过两天。第二天睡觉前，我居然在旅馆床头的海滨度假广告册里读到，我去的那片海滩是半年前刚刚开放的。天亮后我一直眯着眼靠坐在床上。

中午时她表弟发来信息问："事情办得怎么样了？"

"不顺利。"我回复。

然后我收拾东西离开了旅馆，没吃午饭就奔赴他方。

一路随波逐流，我经过了一些深山名刹，亲见了几处风貌朴拙幽静的小镇，但耽溺最多的还是几个名声泛滥的旅游城市。我在酒店房间俯瞰窗外路上挣扎的车流，不愿关掉电视里的嚣张噪音。其间她表弟打来几次电话，我没接。有个雨天我突然动了立即回家看她的念头，恰巧在房间我第二次接到了那种女人的电话，为了帮自己下决心，我叫那女的来了。我要求她放声从头叫到尾，以标示这真的是另外的女人。为求让自己充分愧疚我卖力得汗流浃背，然后独自彻夜沉思，想我现在对她亏欠几许，竟然和那种淫贱货色缠作一团……想得足够多了，天也晴明了，行囊就在眼前，我却伸手抓起电话，回拨了那个货色的号码。

我真正回返大约是三周之后，北方的天气也热了。意识到此行跨了季节，自己也有些讶异。

舟车毕竟要停靠，终于回到家门前时，我深深换了一口气。我想象了她表弟在里面的样子。上了阁楼，我也看见了料想中他佝偻的背影。

我说了抱歉，我在外面太久了。然而他侧转过身，我看见他还是平静地拉着她的手。

"我姐最近很容易出汗，要多帮她翻身，食物要再稀释一点。"他说，居然不像要急着离开，那副德行有点像在医院陪护时的我。他让我的心情加剧恶化。

我重新接管了她。她多半不知道身边的人变换了，眼仁还是浮在上边。护理事项都生疏了，我也忘了调制流食时多加水，几天之后她的嘴唇干瘪了，尿很黄很臊。我就喂水给她，把她弄呛了，喷出了一些糊状物。我才想起不能直接喂水是当初的医嘱。看来我还真是放空了一些东西。

我砰地打开窗子，扯大领口。

隔天我去清除她吐在褥子上的东西，扳起她肩膀时，她开始哼哼呀呀，随后突然顽劣了起来，在我耳边嘶吼。我回忆起了这种声音，相形之下，脑海里的海潮声和街市喧闹都四散逃遁，唯其独尊。吼声从她喉咙里深浅不一的地方挤压出来，音色多变却又格外连贯。

"让我弄完，不然就变臭发霉了。"我说。她的声音让我听不到自己的后半句，但我还是接着说了下去："你现在这样，我总不能不照顾你。你以前那么好，现在这么不幸，如果不是和我在一起，你也不会出事，对吧？眼下还能怎么样，又没有另外一个人能长久陪着你，只有我……"

随着她的嘶吼声，我说话也急剧提高了音量，然后我猛地站起身，两手狠狠捂住她的口鼻。熄灭了她的声音，安静果然来了。她没有别的动作，只是在我手掌下抽吸空气的力气越来越大，后来像要把我整条胳膊吸进鼻孔。她的眼仁在上方颤动。

不知究竟多久之后我两臂瘫软，跌坐在地。下唇疼痛，一定被自己狠狠咬过。

我他妈干了什么！几秒钟之前的事，需要我根据刚才含混的知觉推理出来。

我跑到床边俯下身捧起她的脸，看着她机械部件似的不停急促吸气。我给了自己两个嘴巴，然后倚靠在她身边拥偎着她，好像是我自己害怕失去照料。我保持那个姿势很久也没觉得疲倦。

我度过了对她最好的几十个小时。我把之前做过的所有护理项目都做了若干遍，把自己累得气喘吁吁却不觉苦恨。直到第三天，我恢复了平静，看着她在床上的安稳和整洁，我重新开始觉得自己对得起她，仿佛一向如此。

回到楼下自己的床上休息，我躺着想了很多。始终在我眼前晃动的，除了她窒息时的样子，还有她左臂上的钝伤。她的左肩肿了，下面连着一片暗褐色的瘀痕，像梨快要烂透了的样子。看得出皮肉上起过紫痧，这条她身上最有生机的左胳膊显然受到过扭拧。我看到那伤情时稍一愣怔就明白了，我知道我在外边游荡时床边发生了什么，她怎么呼号挥摆，她表弟又怎么最终平息了她和他自己。

这样，我也就理解了我回来后他为什么是那副样子，也似乎看到了自己类似的模样。

我体会过了大剂量的心甘情愿。总而言之，我终于学会了怎么对她好。

认清一些自己不曾用心辨识的东西使人平静，我得以既不慌张也不焦躁。我做该做的事，不那么期盼解脱了，有点像病人知道自己一旦难受到某种程度，伸手就可以拿到解救之药。

践行新知的时日相隔不远。有个午夜，她闷声吭了几声之后，又放开喉咙叫了很久，我几次出言安抚，并说自己喝了酒不舒服，也困得要命。不出所料她越叫越凶，看起来搂抱住她才会奏效，需要真正温软又紧密的臂膀。我抬起手犹豫了一会儿，触碰了她的嘴两下，接着便压紧她的口唇和鼻孔，双臂使出力气。不需要上次那么久，在她的脸色和震颤显示足够了之后我又坚持了一小会儿，随即我就俯下身揽住她。她曾经那么欢快而眼下这么无助，她曾经为我吃穿得舒服而思虑百般，眼下竟在我手臂下窒息挣扎。是谁把我们逼到这田地？我抚摸她颜色斑驳的脸颊，动作真的柔和又热切，眼泪嗒嗒地滴在她洞开的嘴旁边。我有一种找到了机关按钮的感觉。

此后我再也没像那样做过,我是说在封压她的口鼻之前再也没有犹豫过。一旦觉得自己需要对她好,我就会先那么干。在我疲劳或者烦躁时,在她烦躁时,在我们相识纪念日之类的日子。在两个人的纪念日,我总该对她好吧,总该温柔细腻吧。我答应过她会记得这种日子,那么相拥着流点眼泪是最好的了。

就这样,我们相伴着度过了一个秋天和半个冬天。天气冷了起来,冰雪积累在路上,出门给她买药和食材更加吃力。窗子不再打开,电暖气烘烤她床褥散发的气息加倍难闻。之前她发过两次烧,我用对她好的方法让自己服侍了她,为她添置了热源。天黑得很早,室内的时间走得像胶水流淌一样慢。我想起上个冬天也是这样难熬。我也想到了更久远的冬天,但这种回忆里未必总是有她,常在的是积雪反射的明亮日光、清爽的气流和在室外踩雪时让人成瘾的吱呀足音。那时即便是冬天的晚上感觉也是圣诞节化的,回到眼前,我的嘴唇像她一样干裂,仿佛正在独自经历极夜。

我现在悉晓了我的方法,这是唯一的安慰。这样的冬天我多用用它也在理吧,何况这是一个颇多节日的季节,她以前在好些节日都大张旗鼓,我便尽量把方法用在节日前夕，把施用效果安排在她曾经在意的时刻。

一天路过蛋糕店时，女店主叫住我，托出一块生日蛋糕说送给她。蛋糕店一定记录了一些熟客的生日，应该不会搞错。出事后，女店主对她是又同情又关心的，所以眼下我需要再打起精神，为她过一个生日。回家的路上，想必我提着的蛋糕感动了几个邻居。我算了一下她的年纪，然后皱眉翻出她的证件核对——她四十岁了。按照十年前的约定，我该陪她去照一套艺术合照，还要有一张亲吻的。那一天下午，我想使出我的方法，然后做到所有该做的，可她连连咳嗽，我便只把手放在她腮旁。

天色暗下来后，我打开蛋糕盒子，插上四根蜡烛。我忘了给她调制流食，但也许可以喂她点奶油。奶油是她曾喜欢的，而且也是糊状的。我用羹匙挖了一口奶油放在她唇上，她居然吸了进去，口唇重新变得空洞。我有点得意地又喂了几口，然后想趁她嘴角挂着奶白自拍一张合照。我凑了过去，举起相机，为了拍到她上浮的眼仁我极力地探身，这时她猛烈地咳嗽了两声，把之前吃进去的奶油喷在了我的半边脸、脖子和眼镜上。随即她甩起左手把相机打翻在地，镜头玻璃发出碎裂的咔嚓声。我把眼镜扔在她床上，抹了一把脸，就把手压上了她的嘴和鼻孔。我用力极大，仿佛很担心她继续浪费奶油一样。

这次直到我胳膊酸痛、手掌在她牙上硌得生疼才松开手。她居然满嘴是血，脖颈和胸腔大幅度地颤动，像在连续狠狠撞击什么。我不禁想去帮她，可她已经满眼眼白，最后胸部拱起，定住了动作，沉重地回落到床上后便一动不动了。

接替她动作的是我，怔怔望着她，我哮喘一样喘息，随后回身撞翻了椅子，不知是怎么逃下楼又冲出门去的。

这种事竟然真的发生在我和她之间！我踉跄奔走，即使是在惊恐之中那种狼狈也让自己憎恶和绝望。沿路几个窗子里有人向外张望，我连忙转到僻静角落，站下闭上了眼睛。我感觉到脸面肌肉的酸疼，不敢想象自己刚才的面孔是何等扭曲。我几乎想起了她从前所有的声音和姿态。她舀起炉火上的汤，噘着嘴从勺子里呷尝；她皱起眉头，把晾干后发现没洗净的衣服重新按进水里；她凌晨偷偷起床，像个老花眼一样看验孕棒上的线条；她答应我去人工流产时用手把眼角抹来抹去，在医院经受剧痛时才就势放声大哭……

我靠在墙上哭了起来,有几分像她的号啕。我甚至隐约想起了我们当初偶遇之后不久的一次醉饮,我似乎也哭了,还把自己说成了一个怀才不遇的家伙,她在旁边眼里也噙着泪。也许是在当天更加昏醉的时候我们涕笑并具地讲了各自那些隐秘的习好和怪癖。我说不准她是不是真的像我一样不记得了。

哭泣平息下来,我不知道自己该回家还是该去投案。我竟然想到了从轻发落几个字,羞愧暗生。一时间我只能坐在地上,希望下一场大雪深埋自己。

在我神志消耗将尽,快要昏睡过去时,裤兜里响起铃声。我掏出手机,看到家里的电话号码后手开始颤抖。

"你在哪儿?"她表弟居然在我们家,偏偏在今天,"我姐怎么了,嘴唇都破了!"

我举着电话喘粗气,什么都没能说出来。

他越说越急:"总之你快回来,我姐情况有变化,有时哼声有时摇头!"

我张大嘴,不敢确认听清了他的话。他说他没见过她这样,眼神也变了。

"眼神?"我扶着墙,以两条麻木的腿撑站起来,"你是说她……醒了?"

"也不像真的醒了，就是眼仁不顶在最上边了，现在好像能看到东西，能看到我在她身边干什么……"

我张着嘴垂下电话，任凭里面叫喊什么。虽然浑噩了太久，可我对这个消息的意义还是可以参悟。

也就是说在我哀痛一场之后，她弹回了这个世界，今后仍将躺在那里，却能看到我在为她做什么，或者在对她做什么了，至少她的目光会对着我。我吃力地迈开脚步。返回那个阁楼，我就会出现在她视野里。接下来呢，哪里会有什么别的改变，我还得继续日复一日地守在屋子里，经年历月就像房屋永远得背着自己的阁楼，耗光心神却不会让她欣快几分。今后唯一的不同，可能就是在她眼前我只能煎熬，再也使不出那种对她好的方法了。

我驼着背眯起眼睛，夜风还是从眼缝间吹扑进来。

黏腻故事

黏　腻　故　事

　　光线探进来，在浅近处反复明灭晃荡，犹疑和生涩让这状态持续了几分钟。相较长久冥顽的幽暗闭锁，这已经犹如浩然长耀。腔壁显出粉嫩润泽，新鲜的气流也一阵阵被吸进来。随着这几分钟末尾的几次唇齿开翕抹蹭，少量的油脂、蜡质和色素沾染进来。

　　这里的唾液罕见地融合了一缕缕红色，但它终究不像嘴唇那么流连艳彩，很快消融它们。

　　其实自从呼出一夜宿睡潴留的不佳气体后，口里就未得静寂。先是一串音韵被意外地哼出来，在口腔中留下阵阵嗡鸣，音调有失精准，停顿后的几次矫正愈发加大了偏差。嘴撇了撇，便预备做它该做的了。

一口冷水猛地灌进来，上下前后振动一番又在仰起的咽峡汩汩跳腾一会儿便被倾吐出去，取而代之的刷头把膏体在每颗牙上剧烈涂刷。这次刷牙力道十足，牙没有变白亮，但下门齿内侧的牙石有一角崩脱，留下一个不圆滑的新鲜断面，新鲜得堪比某种征兆。舌尖忍不住去舔它，像是居心不良的过度抚慰。

一切都不寻常。随后，这一个白昼这张嘴张开的时间加总起来，甚至接近了其他凡常的嘴巴。仍然有很多次开口都很短促，只有一两个音节经由口腔飞出去，但这一两个音节却有细微的升调和延长，同时伴有与外部更多的气体交换。舌面和牙周的微生物生态在几个小时内便改变了故态，那些厌氧菌族群没能保有它们享受了二十几年的优渥繁殖环境，在刷牙后没有好机会重整旗鼓，也无力释放过多的挥发性硫化物来渲染污浊。上牙甚至有几次轻轻地咬在下唇上，仿似它们还都稚嫩那样，却把更多的口红带进嘴里。

午餐进食时，咀嚼的频率提高了两到三成，舌头吐出几段以前懒得计较的葱叶，牙齿切碾了平日不遇的芹菜，榨取了汁水中甘露醇的芳香。有足量的新鲜唾液参与了食物的搅拌分解。

二十几年前的这个口腔，也曾像这样活络，那时深处还没有智齿，最里面的臼齿也是完好的。细细地比较起来，那时的门齿更锋利些，舌头颜色略浅一些，唾液更充盈，里面的雌性激素含量即将攀升，但仍仅有现在的几百分之一。

无论如何，当年的剧变都不该发生。那天的唇舌和软腭已经欢脱地弹动过很多次，制造传送了很多语音，开始了例行的歇息。上下唇自如地依偎，不算紧闭也不算张开，刚刚好相映红润饱满。也许这正是罪孽的一部分——口腔随着头颈震颤了两下，从上下唇之间，另一条舌头猛地冲撞进来，携带了食物残渣和酒精，在顽横强蛮地搅动。口腔骤然从松弛变得接近痉挛，第一次容纳了两条舌头，它不禁要放出一声嘶叫，但腔壁之内只有拥挤凌乱，鸣响几乎无法形成，况且两侧的脸颊旋即受力向内压迫，把嘶叫挤压成闷闷的吭气声。然而这串吭气声，却引得那条倒置的粗壮舌头把更多酒精和富含睾酮的唾液悍然涂刷进来。

外来的舌头来得早了至少几年，外来的唾液腌臜了些，携载的基因竟然属于内里基因的亲代，这引发了多一些久一些的后效。从喉咙涌上大量胃内食糜和胃酸的混合物，向嘴外喷出，终止了这次侵袭。这种喷涌在随后的日子很容易被促发，重复了很多次。此后二十多年里,口唇就算偶尔大张,也多半伴随着这种事件——长年的幽闭之间,也偶有那么两次有一星半点外来唾液随着气流溅落唇间,都迅即引发了呕吐反射。所以多数时候,连普通的嘴唇开分也似乎是令人不安而厌倦的、活该被省略的。闭嘴成了绝对的常态,嘴里的所有部分都被封锁着,连舌头也没有机会向两唇伸探,只能任由它们凄凉枯槁。

二十几年间,只有暗夜没有天明,被漏进来的光都像极夜里的火星即明即灭。阴暗里,颊黏膜已经代谢更新了大约两千次,那片刻受压的触觉记忆还在。厌氧菌在舌乳头间隙和咽部黏膜上珊瑚一样盘踞延展,两颗智齿横生出来,其中一颗连累邻近的臼齿龋坏了。龋齿没有得到钻磨和填补,上下颌不会为它蠢蠢地敞开来接纳外物。

而这天,舌头舔了牙石也舔了龋齿,这些惯常的邻伴此时显得如此衰颓不堪难以容忍,因为这是不寻常的一天。其实变化的发端是若干日子之前一次玄妙的品味。那天嘴本来照旧闭着,在平稳的身体上升和轻微的重力变化中不为所动,却命定般地,突然遭逢了一次由下方传上来的震荡,上下颚瞬间压紧又弹开,其实还放出了嗓子里蹦出的一个极短音。上唇和下唇一时离散，外面的电梯灯光闪灭刹那，亮起后便照进了一束。在咫尺之内，一个沉稳醇厚的语音应和过来，附送出一股暖和的、像是苹果味儿的气流，拂过开裂的嘴唇表皮，在舌头周围沁润出清新而微温的感觉……嘴回应着又发了声，至于随后该立即紧闭还是该保持松弛，嘴唇没能选定，甚至在微微抖动。不容拒绝的是，那种气息再次送入了，还夹带着难以察认的雄性生物信息，经过口腔顶壁上升到鼻腔，诱唆某些古老精微的生化感受器官来敏锐辨识，进而引起神奇的认知神经活化。

当时的不寻常开始改变唾液成分，几种荷尔蒙竞相积累起来，含量被一浪一浪推高，注定了今天的不寻常。况且当天的感觉，口咽和鼻腔后来又结伴领受过几次，就算嘴巴对着的是电话话筒仿若也可以。

这个下午来得拖沓又迅猛，叹气也夹带着双重意味。几天前面对着日历上这个日期时，嘴把一个笔帽叼了一小会儿。此时日子到来，上午也随午餐被彻底吞噬。下午舌头就开始连续做吐字动作，每一串动作模式相同，显然是在重复着几句话，但并没有真的吐出声音。皮质醇和去甲肾上腺素等一干压力激素并没有味道，却让舌头感觉有点滞涩。一颗清凉的苹果碰了碰唇尖，被吸抽而入的分子让舌头似乎湿润一时但转而更加滞涩。两粒香口胶滚落口中，迅速被压合成一坨，在牙齿之间惨烈地不断变幻形状。感觉总算好了一些。

来得更加拖沓也更加迅猛的便是晚餐时间。在那个时间点，过度预备的状态到了极限，其表现为暂时舒缓下来。嘴里的香口胶不需要继续更替了。有几种食材和调料的气味飘进口鼻，嘴唇外先是明晃晃热烘烘的，后来光柔和下来，还伴着小小的搏动和微弱的烛香。唇上又被飞快地涂了口红，即便那些红色很快就会被菜肴擦掉、带进嘴里。

清新但已然有点熟悉的气息终于如期扑面而来，像在电梯里一样近切。那几句下午时没有吐出声音的话，终于作响了，节奏不错，音调也还好。其他语音则一时制造得磕磕绊绊，嘴只能转而嚼食东西。唾液里的压力激素重新弹跳上峰值，逾越之后稀释开来，但没有彻底溃退。很幸运，后来出现了少有的笑声，话就不断生发出来，有时还相当绵密。为了把字句呈现得得体可爱，舌头几次把尚未嚼烂的食物推下喉咙这个深渊。含糖的谷物、不全熟的牛肉和玉米沙拉，只要碍事一概得不到通融。其实谁都不是软糯温吞的角色。

竟然也有几口酒浸润进来,那些酵变的葡萄汁流过舌面,去抚慰边侧味蕾。这才是对的滋味。酒喝得舒爽,酒精成分没有勾起任何久远的味觉记忆,至少这时还没有。一切都是关于这个晚上的。

渐渐地,吞食动作频率降低,食物被咽尽,阵阵语笑完全占据口腔。原来嘴唇、舌头和口内其他肌肉群一直都没有失去成就这些欢快动作的本能;原来嘴里露出的牙齿排列得仍然规整,釉质也还有光泽。

由唇外一簇簇晃进来的光后来骤然微暗,吸气也化作清凉的夜风。唇舌仍然像品酒一样欢迎这些,甚至像要继续轻含浅咬。这几个小时之内的东西悉数堪比流光溢彩,理应在久后引起几次默念和品咂。

终于在说过几句温婉的话后,口鼻呼吸的又是家居的空气,隐含着不算轻微的霉味儿和药味儿,极其熟悉又觉极度突兀。嘴深深吸气,像是要严肃评估室内空气,也像是要靠吞没来敛藏异味。灯光从惯常的角度,以惯常的亮度照上唇边。

这气息和这光线本来可以是嘴巴掩合的信号,以及稍后安稳地关闭一夜的预告,但这时,它又放出了语音,以对话的节奏。过了一会儿,茶水流入了,误入的茶叶没有被推搡到舌尖吐出，而是被臼齿缓慢而有力地磨烂，不动声色地吞咽下去。有点像不久前有些食物的遭遇。舌头一有空，就又去舔那颗龋齿和那处牙石的断面。一面仍然尽力清越地发音吐字，一面悄悄舔舐，难免显得鬼祟。

那种苹果味儿的温暖气息仍然时而出现，这时自然含带着些许酒气，越来越强劲地吹扑过来。苹果味儿、温暖和酒气，三者极少融合得这么好，派生出这般奥妙。嘴巴自己也进行着过量的气流吐纳——由于呼吸粗烈，它不得不协助呼吸道分流气息。近来频频发生的内分泌极盛化现象再次体现在新生唾液里，雌性激素和去甲肾上腺素猛增到顶，短时间内含量便到了骚动级的水平。特别的是，有一些与欲求相伴的雄性激素也通过腺体端口，被分泌到唾液里。这是口腔里前所未有的奇观。

可是很快，这些现象就显得微不足道了。有了状况。另一副嘴唇贴过来，另一条舌头伸过来，磕磕绊绊地试探，就算顶上了牙齿也要尽力吸吮这里的口泽。带入的唾液不多，却含有巨量的以睾酮为主的雄性激素。黏膜摩擦和液体交换急切地反复发生。此间没有坚守，舌头早冷落了龋齿和牙石，呆呆地摆在上下门齿之间，听凭另一条舌头练习揉摩，等待另一副嘴唇继续吸食……

然而这种纵容，只维持了几秒钟时间。脸颊受到一次抚触，只向口腔内凹陷了一下，竟引起了一次震颤。舌头骤然尝到了另一条舌头及其所携酒精的另一种滋味，触发了惊惧，这惊惧出现得迟缓反而伤害倍增。嘴吭了一声，吐出了不属于它的一切。

嘴唇朝向幽暗角落，急急地投奔其中，准备干呕几次。因必生果，这应该是无法减免的。然而嘴却白等了，情势自动平息下来，居然从头到尾喉咙里都没有明确的反应。呼吸只好恢复，这时吸入的气味都是熟悉的，比如清洁剂添加的香甜味儿、半干的毛巾味儿。两腮还有点哆嗦，气喘慢慢平缓。舌尖不禁在嘴唇内缘搜寻，可那种外来的滋润毕竟中断了，没有多少遗留，刚才本就没容它们深入太多。嘴巴索性再张开，对着一个哧哧作响的东西，吸了满口的口气清新剂。

嘴唇松弛，作势闭合，但更像正要张开。片刻后，刚才的光照又在斜上方出现了，这次不只是唇边，连下门齿和舌尖也沾了光芒。嘴蠕动着，以适合触碰外物的柔软准备说些什么，但还没能做到。太迟了。

跌堕发生，嘴瞬间变换了朝向，几乎直对着顶灯。灯光没能注入多少就被遮蔽，在被再次封堵之前嘴里只叫出半声，却叫得惊恐之至绝望至极。刚才的另一张嘴没再留力，不计章法地，几乎是砸了下来，那口唇洞开却没有再传递一点温暖和清甜，吐出的舌头变得梆硬，戳插冲撞进来，带着酒气暴躁强蛮地搅动。可惜了二十几年后刚刚重现的松动柔软。事发之地两条舌头强弱立判，腔壁里拥挤凌乱，连鼻腔也被严重挤压，阻滞了呼吸。那条倒置的粗壮舌头把睾酮含量奇高的唾液涂刷进来，彻底激活了陈年锐痛。与当年只是咧开着赇受相比，这张嘴毕竟有了更刚烈的咬力。像在若干噩梦里那样，上下门齿和犬齿狠狠咬合，有一瞬间使出了切断刺穿的力气。两张嘴随着闷闷的吭气声联动着震颤，得以分开时，一口腥血留在这里，随即被喷吐出一大半。

遗憾的是，嘴巴得到了解救，却没能改变位置和朝向。随即口腔内壁被重重撞击到牙齿上，首先被那颗臼齿锋利的龋面割破了，也涌出血来，与余留在牙龈和齿沟、舌苔上的外源残血混合在一起。泪水经由鼻道内侧流过喉咙和软腭，上下颌放出似哭似喊的气声，同时以每秒钟两次的频率彼此冲近、时有碰撞，像在急于噬咬特别松脆诱人的东西。这种震荡的源头不在口腔里,而是隔着脏器,来自盆腔外围,却足以把叫唤一声声鞭打出喉咙。

几十秒后,也就是上下颌模拟咬合百余次后,一切就结束了。嘴大张在灯光下,直到里面的血和唾液干涸,直到有天光铺入,这情形都没改变。

从这晚起,上下唇就成了冷凝的开裂,不再自然合拢,似乎里面永远有腥血和秽物需要驱赶挥散。后来有几次号哭让嘴唇受到泪水冲洗,然而之后的昏睡中,唇齿之间气流肆意进出,纹丝不动的口腔就变得特别干燥,像个枯树洞。醒着时,上牙也是悬在下牙上方,遇上猛风齿间只会略微收窄。一两个月过去,舌头和整个口腔黏膜生了老茧一样麻木,谁都难以湿润谁,进食时只有汤水可以救场。厌氧菌群由规模萎缩及至几近根绝,但口腔的气体环境却没有好起来,其他细菌乘机兴风作浪,唾液却总是分泌出不久就迅速变干,剿不灭它们。

无所谓的,一个空洞的裂隙比它禁闭二十几年时更无足轻重,除了偶然碰撞出几个生硬音节,它连声音也几乎不再制造。

粉色的内壁变得灰白,但那一块被牙撞开的破创,在经过了难缠的溃疡阶段后终于慢慢愈合了。这已经是这里少见的活体迹象。后来算是多了些——开始有更多冷风扫过二三十颗牙齿，那颗龋坏臼齿露出的神经随着周围的温度变化几番热胀冷缩，发了炎。时间久了，深处的牙髓也炎症大作，周围的牙龈红肿胖大，拱着原本就疼的牙。手指伸向龋齿，还没摸到它就引发了几次干呕，舌头伸展软腭上抬，重现了经典的呕吐姿态。与此同时，几对唾液腺倾出不少唾液，让流经的内壁重新粉嫩了一会儿。

很多问题正是被某种肿大难忍推搡上解决的轨道的。好比这颗坏牙，作痛到让这张几近僵化的嘴时而倒吸凉气来尽量容忍它，却还要顽劣地继续龋坏，酝酿了更恶毒的发炎和四处催肿的炎症渗出物。有几粒药落到舌头上，稍事停留又被赌气般地唾弃出去，取而代之的是两根决意行凶的手指。这次手指到达牙冠根部，狠狠地抠住，恨恨地发力。那颗牙被生生拔了出去，事实上在那个血腥的晚上它已经被撞击得歪斜了。断齿留下残余的根尖，但仍然形成一处深井，很快被血水填充。

居然就这样不疼了，疼痛好像只需要一个作罢的借口。血被吞下，后来大量的食物经过口喉，咽得有点粗率。口腔里开始多了动作、多了事件,但不再经受冷风。唇边徘徊的气息和声频都更加单调,几周甚至十几周都鲜有变化。却有时有一些来自喉咙里的哼哼声,仿佛发自另外的声带,失了几分圆润,多了几分嘶哑。

嘴日夜张开着已经成了习惯,除了要被迫收纳逐渐增多的唾液时。静默长久了,有时两唇之间会吹出一个蠢蠢的气泡。唾液开始遭到肆意消耗,用来消化食物,被吞咽或者吐出、蒸发,其中雌性激素早已衰减,不过每升唾液含有将近一百纳摩尔的孕酮。

那个牙石一角崩脱留下的断面也不再锋锐,犹如山无棱一般圆滑起来。时间足够久了,张着的嘴既显得呆傻又像是在期待什么,其意味已经含混不清。没有什么是不可能的。

终于有一天,呼吸一阵阵急促,在口腔里不停摩擦出毛糙的声音。一卷毛巾被咬进牙关,遭受了狠命的全力压榨。说这是对长期张嘴状态的报复性咬合无法匹配实情之剧烈。连那颗断齿的残根都使上力气,决意要把毛巾嚼碎似的。而喉咙里冲上前所未有的巨响,只有它好像要把毛巾卷从嘴里喷射出去,成就一声抵死嘶鸣……

事到如今，一切不得不豁然通顺开来。

实际上毛巾当然只是滚落下去的，沾了些嘴唇裂口渗出的血。内外嘈杂暂时退去，嘴又变回一个抽送气体的洞道。唾液仍然充沛，但各种激素含量配比骤变，孕酮和雌性激素急跌，泌乳素则脉冲式飙高。时而有一些泪水掺和进口腔，又被咽下。清水流入，然后变成大量的灌注，略去湿润颊黏膜的步骤，直接冲刷舌面和硬腭软腭，去满足贪图吞咽液体的咽喉。

啼哭声与以往任何时候都不同，在嘴巴内外呼应。外面的尖厉而肆意妄为，里面的断断续续也逐渐变得温温吞吞。这张嘴终究是累了，二十几年闭塞，九个月的虚张，再加上几个小时的猛喘、紧咬和吼叫，该拾得一种松弛的状态了。然而几天来，它还是开合失据，只会吞咽各种东西。

当嘴外的啼哭某一次轻柔起来、间歇下来时，嘴唇倒是罕见地向那声音的源头移动，终于轻轻触碰到那温和肥嫩的东西和那上面的一片湿润，还油然吸啜了一下。嘴唇得到了无比新鲜的泪水和口水的混合物，紧接着舌头也得到了。这点暖热的体液像被甘泉稀释过，但却确凿地含有此间基因的子代基因。唇舌品尝不出这些，只管沉溺于某种热切。求之若渴时很少这样触之可及，嘴唇又吸啜了一下，似乎终于找到了放松下来的方式。

这时在难得的安静和妥帖之中，另一副嘴唇也索求分享般地贴了上来，粘走了一些那热乎乎的清澄液体，也送上了苹果味儿的气息。与九个月前相比，这次贴合相当轻缓，以致这同一副嘴唇显得比那晚肥厚了很多。然后九个月前那条粗舌头也正在钻过两副嘴唇，它还是无法掩饰笨拙，也还带着不浅的齿痕疤印，但努力柔软地伸探进来，浅浅地摸索触碰。没过多久，两条裸裎交叠的淡红色家伙双双蠕动起来，而且大致找到了节拍，在不尽湿滑中可以说是在相互摩挲，也可以说是在彼此梳理。

猛兽尚未相遇

猛 兽 尚 未 相 遇

一

我和薛欣卓之前没见过几面,她不是本校的学生。她从胡四可图书馆深处走来,时而举头顾盼,像是打量着馆内的空间而不是藏书。远远地看她皮肤如此白皙,埃布埃却是地道的黑人,我托着下巴在想两人可能生出什么肤色的后代。几经努力,我想象中的小孩都是半黑半白生硬拼接出的样子。显然这与想象力对具体经验的依赖有关,我对跨人种繁殖的见闻不多。

实际上我给埃布埃写信时,曾想过跟他谈一下这问题。但展开信纸，潦草地问候过他之后，我就又被我们之间曾经的话题黏住了。据说学校里很多人都注意到了我一年来经常和留学生部一个挺有钱的黑人交谈，可他们知道吗，我们至今也没能完成关于光的波粒二象性的讨论。埃布埃是个不只有热情而且有逻辑的人，这便是我愿意把所有对我有启发的书籍拿给他看的原因。通常我会给他两三天的时间看一本书，到时间之前我们只会讨论我更早分享给他的读物。后来每天清晨我会去留学生部的楼门口等他，然后和他在操场边的双杠旁开始交流。他面对着足球场，和他一起出来的留学生同伴在那里踢足球。我猜后来被踢得嘭嘭作响的皮球让他生发出物质运动方面的思考，他时常安静地盯着它，对我的问题只是皱皱眉，不再与我争论。或许教益即将在我们之间产生，如果他不急着回南非处理什么家事的话。

他走后，就我们的话题而言我时而也会读到一些新鲜的东西，但图书馆里终究损失了某种气息。太多心不在焉的学生借走一摞书，几天后又原封不动地还了回来。在几个学科里，我本可以根据书名在他们还书的瞬间给出几句有趣味又有深意的评论，但我因为看出他们根本就没怎么翻过那些书而伤透了心。偶尔隔着桌子和条码扫描器，我会遇见与埃布埃相熟的那几个留学生，但他们多半会迅速完成借还程序，急于读书似的勉强一笑就从我眼前消失掉。

现在只有墙壁上胡四可的照片恒久地留在我身边。每天早晨开始工作之前，我都从衣兜里拿出前一晚开列的阅读计划或者提出的几个问题，照此从层层叠叠的书架里搜索一番，抱回几本尽量相关的书放在我的办公桌上，以便闲暇时随手翻读。我希望有人与我争抢那些书，让我通过拒绝外借的方式来帮助他们意识到其价值。但始终，盯着我的书的人只有照片里的胡四可。

胡四可本人来到图书馆时从不这样，他一般会在馆长甚至某个校领导的陪同下从我面前掠过，在书架间走一圈。这过程中他会握着一本顺手抽出的书，如果那本书大而厚，则会使他显得更加矮小。我没有提醒他这一点，因为他很少正视我。有一次馆长终于忍不住好奇，问起我与胡四可的确切关系。我确认了他之前的知识——我父亲与胡四可是老朋友，因而胡四可答应了我父亲给我一份图书馆的工作，而我在毕业回家读书多年之后也最终答应了来做图书馆员。当时我父亲一下子得到了两方面的应允，成了一个幸运的老家伙。我暂时还没告诉馆长胡四可曾经是我父亲的老板，他们的关系好到后者为前者坐过两年牢，因而我在馆里大可以肆意阅读。

二

薛欣卓走到我近前，脚步越来越慢。我注意到她手里拿着一本书，但她迟迟不递给我登记，只顾仰头望着那张胡四可的照片。

"很精神的老头。他从什么时候开始资助这个图书馆的？"她问。

"呃，到下个月应该整整十一年了。"

"看来你很了解你老板的情况啊，我听说是他让你来做馆员的。"薛欣卓的眼光降落到我身上。

"我不知道他和我父亲谈了什么。出资时间就在照片下面他的小传里写着呢，我只是喜欢读点东西。"

"呵呵，不用这么说，关注老板再正常不过了。"

我不知该怎么应答，整理好一本书的书角说："埃布埃怎么样？最近的一封信他还没回呢。"

"他忙得很，忙完了他叔叔的丧事，据说还有不少关于遗产分配和债务的事情要参与。这应该算是他们家族的大风波了。他回去三个多月了，都没闲下来。"

"将近四个月了，那时我们在研究在微观层面视觉系统里的感光物质有没有可能广泛地改变光的存在状态，那个非洲老头突然就死了。"我对当时的问题记得很清楚，因而带着怨气也说得很连贯。

薛欣卓再次莫名其妙地笑了："你真逗，以前我没留意。以后有空我们聊聊。"

也许她和埃布埃有相似之处呢。我暗自考虑着她的建议，伸手示意，她才把要借的书递给我。"对了，你们这位胡老经常来吗？我在留学生部遇见过他，他说他能帮我办埃布埃休学的事，即使埃布埃想结业，他也帮得上忙。"

"哦，说不准他什么时候会来，他在三楼有办公室和休息室。"我端详着她选的名叫《步入非洲》的书，封面和封底大部分被动植物图片占据。我问："你要去非洲？"

"呵呵，随便读读……"她整理了一下前额的头发，"主要是对野外感兴趣。埃布埃给我讲过不少他家乡野外的狮子和猎豹的事。"

"嗯，大型猫科动物越来越依赖非洲的野生环境了。"我又看了几眼书的目录,递还给她时问,"狮子和猎豹,你比较喜欢哪一种?"

薛欣卓又笑了,她很擅长这样。"狮子吧,我喜欢王者之风。"

"很好。"我点头说。

三

我上楼借报刊时听到了胡四可的笑声,不像老人的声音,像一个早衰的青年的。

后来不知什么时候,薛欣卓坐在了我的借阅室里靠窗的桌边。刚刚两拨学生来还书,我皱起眉头,但不得不停下自己的阅读。间隙我看到了薛欣卓,她在那里若有所思。我眼前一亮,朝她挥了挥手,末了还风趣地用手模仿了猛兽的爪子。她继续发呆,面对着我两眼空洞。周围有学生侧目,我希望我手势的意思就是"继续发呆吧"。

闲下来后我走过去。薛欣卓回过神来,告诉我埃布埃的离校手续办好了。

"是胡老帮的忙,很顺利。"

"是吗,挺好。我看了一点关于大型猫科动物的书。"

"是结业。胡老说埃布埃可以不再来学校了,他听说埃布埃刚刚接手了一些家族产业,还说出于校友情谊和对晚辈的鼓励,愿意从他那里高价买进一批皮革呢。"她望着窗外说。

"我希望是大量存在的食草动物的皮。"

几个学生在门口问周末的开馆时间,我回答了他们。薛欣卓这时接起了电话,貌似开心地聊了几句,末了她称呼对方时被我听见了。挂断后她的笑容收回得很慢。

"是胡老,他真热情。他说他朋友特别多,也喜欢帮别人,所以生意才做得这么大。难怪他是好几个城市的荣誉市民呢。"她开始直视着我,"埃布埃和胡老,你更喜欢谁,能说说吗?"

我没遇到过这样的问题,一时语塞。这怎么能相比?我对薛欣卓有点失望。

"哈哈——"她突然笑了,"逗你呢,否则你的工作太单调了。"

我笨笨地翘翘嘴角。"那……你对狮子到底感兴趣,还是不感兴趣?"

"感兴趣啊,当然感兴趣了,像它们那样不会被打败，才有安全感。"

我恢复了情绪，把屁股挪到椅面的前半截。

"既然这样，我可以做一个大胆的判断——你一定也会对老虎感兴趣。你也许喜欢虎，也许讨厌它能跟狮子抗衡，但绝对不会没兴趣。"

"这个……埃布埃没跟我说过。"

"很正常，因为他是非洲人嘛，狮子才是他们的家产大猫。而老虎，只有我们亚洲才有。"

"是这样吗？你懂得真不少，你研究过这些？"

"不不，这些不是我研究出来的。"我有点沮丧，"好吧，跟我来。"

我带薛欣卓走进了高大书架之间。在编号Q的"生物科学"区域我停留片刻，看了看身后薛欣卓不明就里的模样，我轻轻摇了摇头继续前行。在这个安静、隐秘、有迷宫般浪漫的环境里，我要对这个年轻女子做的事是给她找几本书。绕来绕去，我们来到了编号K的"世界地理"部分，我选了好多她应该读读的书，几乎让她合不上嘴巴。终于我只抽出两本分别包含亚洲和非洲野生动物的插图版图书。我还看见了另外几本《步入非洲》，薛欣卓的那本还没还回来。

"一有时间就读这两本。"我把书按在她手上，突然得到天赋似的修饰了自己的姿态,"当然同时我也会读,读完我们再讨论——你可能知道,我和埃布埃经常这样。"

掂量着我推荐的书,薛欣卓抿嘴一乐。我差点忘了在她面前回身取出两本同样的书。但等她走后,我把那两本书又放了回去,回到"生物科学"区域独自捏着下巴浏览书名。

四

狮,哺乳纲猫科豹属动物,大型猎食猛兽,现在主要生活在非洲撒哈拉沙漠以南,据传曾经生活在南欧、印度平原等地的亚种已经绝迹。喜草原,也常见于半沙漠地带。是猫科中罕见的习惯群居的动物和雌雄两态动物,绝大多数成年雄性颈部周围长有浓密的鬃毛,有研究称鬃毛越多颜色越深,越能威吓对手吸引雌性。

一个狮群由几只到三十几只个体组成,主要成员为负责狩猎的雌狮。虽然狮群的首领总是雄狮,但很多雄狮不会长期生活在一个狮群里。雄性狮王力量衰微时,很可能被年轻力壮的雄狮挑战。如果新狮王诞生，它将驱逐老狮王、杀死它的幼崽并占据群内的交配权。雄狮负责保护群体安全，抵御外来袭击。

雌狮的怀孕期是四个月左右，每胎生产三到四只幼崽，而狮子的寿命可达二十几年甚至三十余年，其中雌狮的寿命较长。

狮子主要以羚羊、角马等多种食草动物为食，有时也捕杀啮齿类、鸟类，经常与猎豹、土狼争抢食物。在食物短缺的情况下，作为食物链顶端的最成功猎食动物，狮子所捡食的腐尸有时甚至比斑鬣狗等食腐动物还多。

我看了看表，薛欣卓拿到那两本书五个钟头了，晚饭也早该吃过了，我估计她翻过书后能熟记的该有上面这些内容吧。她不是埃布埃，我必须懂得循序渐进。当然我是指就狮而言的知识，既然读了书，她自然不该忽略相对应的物种。

虎，哺乳纲猫科豹属动物，大型猎食猛兽，野生虎仅在亚洲出现，但在亚洲分布极广，从寒冷的北亚到热带区域都曾有虎生活。能适应林地、草原和沼泽等环境。除黑虎、白虎等少数变种外，身体大部分都有黑色条纹的橙褐色，胸腹淡白。有人认为部分雄虎的较长颈毛类似狮鬃，可终究不够显著，普通人并不能通过外观轻易分辨虎的性别。

雌虎平均每胎产子两到四只，但野生新生幼崽的死亡率高达三到四成。除了交配期和雌性育子期，虎终生独来独往，个体占据较大的领地，不允许领地内有狼、豹等食肉动物。虎多食羊、鹿等食草动物，常用的猎食方式是偷袭。

虎有八到九个亚种，普遍认为其中的三个已经灭绝。尽管如此，现存的虎的亚种间差异仍然很大。最大的西伯利亚虎体长近八英尺[1]，重约六百磅[2]，尾长三英尺[3]有余，是现今体型最大的猫科动物。而体型较小的苏门答腊虎，虽然有颜色最深的皮毛和最显眼的黑纹，平均体重却只有二百二十磅[4]。如果算上已经灭绝的巴厘虎，大型虎与小型虎的体重之比可以轻松地超过三比一。

---

[1] 1英尺约合0.3048米。
[2] 1磅约合0.4536千克。
[3] 同[1]。
[4] 同[2]。

五

"很有意思,但我突然想问问,为什么你想让我知道这么多?"薛欣卓后来问我。

此前我把另外一本讲野生动物捕猎技巧的书换给她看,这本有点厚,由于讲得比较系统,有一千二百多页。猫科动物是其中一个重点。

我之前拿给她的两本书中的一本,书页之间已经有了一个间隙,使人很容易翻到一张狮子的插图彩页。一头雄狮狮鬃膨大,像威严得夸张的大衣领子,加之它两眼傲慢地眯着,脸显得又长又宽。我发现彩页上还留有烟灰。

"你吸烟?"我问薛欣卓。

"不,我只是偶尔想些事情,边想边吸几口。"

"你当时在思考把我借给你的书当临时烟灰缸是否合适,对吧?"我假装严厉,然后干笑了几声。听说有人认为我的幽默感是一场灾难,我就发誓我的每句笑话都会有笑声相随。

薛欣卓愣了愣,也笑了。

"既然你已经读过了书,我猜你看过这张图片一定会想——"我替她提出了问题,这样谈话效率会高一点,"最大的猫科动物不是西伯利亚虎吗?怎么很多非洲雄狮看起来更大呢?"

"是啊,我确实……没想通。"

"有这种直观感觉很正常。实际上雄狮中的佼佼者头部确实比多数虎更大,而且肩也很高,足够威猛。但另一方面,虎的身体更匀称,更长,四肢也更粗壮。虎的后肢有力到可以支撑身体长时间双足立起以便掌掴敌人,这一点狮子很难做到。而且,通常在动物园里挨得比较近的狮和虎,都是有鬃雄狮和雌虎,人们很容易产生体型判断上的错觉。但我认为雄狮头重脚轻的形态是有其功能的,作为群居动物,正面相对时貌似壮硕者更能先声夺人,取得较高的群体地位。对了,告诉你一个事实,你就会体会到大自然设计的美妙了——虽然雄狮与虎的脑袋看起来差别甚大,但剥掉它们的皮和脂肪层,就会发现两者由肌肉组织附着的头骨,连同留在眼眶间的眼球,简直相似得惊人。"

薛欣卓咧了一下下唇:"是挺美妙的。"

接着她端详着我为她准备的厚厚的新书问:"很有意思,但我突然想问问,为什么你想让我知道这么多?"

"因为你得……"我很快找回了自己的坚定,"因为你就是需要知道。你这样的女人配得上深入的知识，而不只是表象。你终究会知道了解它们对你有多重要。"

六

我写信给埃布埃，告诉他如果很忙，就不必急于回应我上一封信里的那些问题。把积攒已久的一组想法累叠成一堆文字抛给他，多少有点咄咄逼人。况且，我对他说，最近我和他的女朋友薛欣卓正在开启一个新的主题。毕竟，他该理解，生动的对话是知识探讨的经常性需求。我把我和薛欣卓读的部分书目写给了他，今后他如果想加入，便可以轻易地找到我们的轨道了。

我还让埃布埃别担心我和薛欣卓之间的关系。虽然我自知并不是个讨女人喜欢的人，学校里似乎充满了决意不理睬我的女生，但薛欣卓并不那么刻薄。在经历了最初阶段的合理迟疑之后，她在我们的交流中显得足够细心而又乐于思考。有时我们共进午餐，有时我们一起离开图书馆，我还会步行送她一程。

在路上谈话可以提高嗓音来强调自己的观点，但薛欣卓通常都保持轻声提问的姿态，渐渐地我就不耻于好为人师了。

有一次她边走边说："我觉得你很善于对比，我在做比较的时候就常常思路混乱。"

我晃了晃食指，说："那只是因为你没有得到足够确凿的信息。你知道吗，即使在中国也有人相信狮子会吃掉老虎，但这可信吗？他们的观点孤立，证据更少。但相反的说法却很容易查到——在古罗马的斗兽场上，几乎每次狮虎交锋的结果都是虎放倒了狮子。而且当时被带到罗马的虎，不大可能是西伯利亚虎——也许王者从未进场呢。"

"你是说，胜利是压倒性的？"

"但在摄像技术诞生之后的狮虎斗里，有一次夜间搏斗，双方扑咬了几个回合之后，镜头里只剩下了老虎的尸体。"

薛欣卓蹙眉看我："那你的意思是？"

"呵呵，我的意思是不要轻信什么。"我抬手做了个开动脑筋的动作，"有镜头记录，同样未必真实。我发现那只倒毙的老虎身体僵直，不太像刚刚战死的样子。何况搏斗地点是野外，很有可能是有人特地把老虎运到了非洲的狮子领地,这又怎么能说公平呢？"

我接着说:"在几次动物园和马戏团的打斗里,虎都击败了狮子。有一段马戏团录像里从头到尾贯穿着双方的低声吼叫,场面惊心动魄,其间老虎几次把狮子压倒在地,最后狮子已经无力起身了,随时可能被咬断喉咙,幸亏有人及时用高压水龙头冲走了老虎。动物园的那一段更有意味,一只雄狮在和一只雌虎用上肢互相击打,看起来另一只更大的老虎被吵烦了,伸爪给了雄狮一耳光。雄狮立刻朝远处溜了,连看也没敢看一眼后来出手的老虎。"

"我懂了。怎么说呢,我越来越喜欢你说话的方式了,也喜欢你为人的思维方式。我觉得我应该多听听你的见解。"她说。

我有点受宠若惊,张口结舌中强令自己说点什么:"我是胡四可图书馆的馆员,又是埃布埃的好朋友,不是吗?"

七

按照我列出的讨论日程,是时候进入遗传话题了。基础知识的铺垫已经足够,薛欣卓应该不会让我失望。之前的几天我们都没怎么聊,她来过图书馆,但说有事没多在借阅室停留。那天闭馆时我在门口遇见了她,自然又陪她步行回家。我从猫科动物几个分支的形成说起。尽管我对虎种形成得较早的说法并不带有十足的信心,而且据说亚洲也出现过貌似美洲豹的生灵,但狮子和孱弱得多的豹血缘极其相近,这是确定无疑的。随后我告诉她世界上存在狮虎杂交生下的狮虎兽和虎狮兽这两种动物。这相当于课外花絮,但神奇十足,我等着她瞪圆双眼。路上她有点沉默,在我随口告诉她虎父狮母的虎狮兽更珍稀也更强悍时,她转过头来。

"真的吗?我想起了什么——有一次看电影时埃布埃提起过狮虎兽,说它成年后十分庞大,而且这全是狮子父亲的功劳。"她没有太兴奋,相反似乎有点疲劳,"你说,我们所知道的真的是靠得住的吗,所谓的真相,会不会也是表象呢?"

"哈哈……"我发出笑声,"很好的问题,记得我说过什么吗?不要轻信。但这并不代表我们要做不可知论者。就刚才的问题而言,我说的当然是有坚实而丰富的证据的。好了,你快到家了,多思考一点,我们下次见。"

离她家还有好一段路,我果断地把薛欣卓扔在了半路上,头也不回地朝另一方向走去。等到确信她看不到我了,我才转向学校。我又回到了图书馆,黑暗里打开借阅室的几盏灯,嘴里念叨着狮虎兽和虎狮兽,在静默的书架间幽灵一样穿行着。

八

一些学者认为经由人的介入而发生的狮虎杂交繁育没有任何科研意义,只能体现人本身的肤浅,另一些则认为这种杂交后代的诞生正是生物学领域的积极现象,未来可能开启某种门德尔式的研究。

首先要声明的常识是,狮虎杂交不同于狼与狗的杂交。狼和所有的家狗实际上是同种动物,归为犬科犬属狼种,此种类中的任何交配产子现象,除了同性之间的,都不该引起惊奇。实际上爱斯基摩犬和狼无限接近,即使是一条小小的雄性吉娃娃在不弄醒一头巨型雌洞獒的情况下让后者受孕也属顺理成章。但狮子和老虎不同,它们虽然都在猫科豹属的家族内,但虎种和狮种界限分明。只有不同属的狼和狐生下后代这种事才会更抢风头,当然目前它只存在于传说里——少数中国人认为一千次的狼狐交配可能诞生一只叫作狈的前腿奇短的犬科动物，这种聪颖怪异的意象性生灵的原型据推测只是被捕猎夹子没收了部分前肢的倒霉狼。

狮虎杂交的后代是真实的。比骡子稀少，但像骡子一样真实。关键的差异是骡子几乎注定不会繁殖，而雌性狮虎兽或者虎狮兽保留了像样的生育能力。这很迷人。众多记载之一是，母狮虎兽与雄虎交配之后，产下了叫做虎狮虎兽的幼崽，小兽有四分之三的老虎血统，身上有不规则的条纹。相比于其繁殖过程的周折，叫清它名字的口舌之劳一点也不值得抱怨。

惊叹之后，人们才可能真正开始理解两种血统的关系。对待事实应该抱持平和开放的态度。狮虎兽的体型的确大于虎狮兽，而且也明显大于正常的狮与虎。在迈阿密动物园中，被拍了照的名叫"赫拉克勒斯"的狮虎兽像一只史前动物，把靠近它的任何生物都衬托成了侏儒。而至今还没有人炫耀虎狮兽的体型，甚至有人的观察结论是虎狮兽都会小于它们的父母。糟糕的是，居然与常人的观念一致，生物学界也认为后代素质更多地体现着父系血脉的优越与否。看起来雄虎父亲需要忽视小虎狮兽来维持自信。

然而，什么是优越却容易被常人和一些专家同时忽略。赫拉克勒斯温顺异常，与它近身接触的人显得毫无压力。从多张照片上看，它卧下时似乎总有人会爬到它身上，视之为恒温地毯。不敢骑马的孩子也许可以在迈阿密动物园找到替代欢乐。会因赫拉克勒斯和其他大部分狮虎兽而感到焦虑的只有动物野化主义者，因为它们的体态实属臃肿，它们站着时肥肥的肚皮垂向地面，下面几乎钻不过一只兔子。可以断定它们追捕能力缺失，更现实地说，遇到威胁时它们很难逃窜。狮虎兽在以其实际的样貌向所有人表示，它们是决不会离开动物园的圈养区的。

终于有研究者给出了解释，狮虎兽可以膨胀般地生长是因为缺少控制体型的基因。在常规的物种内繁殖中，这种基因由雌狮和雄虎传递给后代，以免后代无度生长。但狮虎兽的双亲是雄狮和雌虎，刚好都不对此负责。相应地，虎狮兽的体型较小也佐证了这一理论。从另一方面说，雄狮纵容自己的后代长得更大，以便威慑群内群外的对手，雄虎则不在意后代有没有体型优势，或许正是因为它们是真正迅猛有力的独行者。

随着两种杂交猛兽繁育成功的数量增长，很多饲养员都相信相比于狮虎兽的迟缓，虎狮兽比父母都要暴躁。虽然人们避免了珍贵的杂交猛兽陷入打斗，但偶尔也会发生一些有间接说服力的事例。中东某动物园购买的虎狮兽被关进铁笼里，暂时放进狮子的生活区。一天午后一雄二雌三只青年非洲狮趁虎狮兽睡觉时上前猛扑铁笼，并发出猫科动物中仅有的真正吼叫，试图吓住后者。虎狮兽醒过来，经过了短暂的畏缩之后，突然连续几次大力回击，虽然隔着铁笼还是弄伤了雄狮的一只眼睛。工作人员平息了这场隔笼冲突之后，发现虎狮兽因为暴怒又不得施展而发生了脐疝，一段肠子气球一样被吹出脐部，险些爆裂。久后他们又观察到那头雄狮不仅伤了眼睛，连行为习惯也因惊吓发生了改变，并且一生都没有生育。

后代素质更多地体现着父系血脉的优越与否。这么说并不偏颇。

九

我把我的所有信息收获和合理分析都传达给了薛欣卓，她笑而不语，然后大约有两个月都没有现身。来借书的人也少，除了胡四可有一次露面时对着电话大喊大叫，图书馆里显得分外安静。后来胡四可也消失了。

又一个学年将要结束了,又有一批学生准备着毕业。他们本应该带走更多学识,但他们走得如此潦草,都像是死掉了一两个叔叔。

埃布埃突然打来电话,要我帮他办理取得学位的最后一点手续。我一直不喜欢电话这种沟通方式,既无法让双方对话语意义进行表情确认,也不能像书写那样精炼从容。但他这次的话用电话说足够了。他问我知不知道薛欣卓和胡四可那个老头子已经结婚了。他本想让她去南非,但如今不会再与那个女人有任何联系了。

就像凡事都比读书有意义一样。

十

一份非权威文献提到,二十世纪初一个意大利人把一头尚未成年的狮子带到了中国江西的山区。这头雄狮作为私人宠物,与此人相当亲密,这一点是他惨死后他的几个欧洲同伴证实的。他们想表达的是,该意大利人带着狮子在山林里游荡时一定遇到了什么怪异景象,使得狮子一反常态袭击主人,主人慌乱中对它开枪不中死于它爪下。当地人的确听到了枪声，意大利人的尸体被发现时头骨仅存三分之一，其余变成了骨泥肉酱。然而一个猎手和一个有学识的牧师仔细观察过事发现场之后，认为这种强力伤害并非那头青少年狮子所为，即便它有超常的力量，其前爪尺寸也不可能造成这种程度的损毁。他们倒是承认凶手是猫科动物，又根据现场地形和草木的状态，断定那只动物伸爪时并没有充分跑动，也没有来得及发力。很可能是意大利人先发现了它，悄悄靠近后又开了枪，它才受惊跳起，把还举着枪的意大利人推到一边然后径自逃窜了。就是这仓促的一次抬爪推挡，几乎粉碎了一整颗坚实的头颅。这绝对是一头顶级猛兽。

四天之后的一场雨中，那头年轻的狮子自己回到了欧洲人的营地，温顺如常，身上没有打斗过的痕迹。它的爪子在泥地上留下的秀气印迹使牧师更加确信了自己的判断。但狮子无法告诉人们它有没有遇到过什么。

忘掉埃布埃交托给我的事刚刚一周，我就再次接到了他的电话。我预感这样联络会变成他的习惯。这次他好像找到了一点空闲，言语缓慢了一些，并没有过问什么。他说他正在进入几个社交圈，我认为他告诉我这个的意思是想说他最近什么都没时间读。由于他唯一的堂兄迟迟不肯从荷兰返回，按照遗嘱他最终全权继承了他叔叔的财产。生意的真实规模他在接手后才逐渐弄清楚。现在他也许是南非排名前五十名的富商。

当晚我终于打通了薛欣卓的电话，告诉她下个月在印度成活的一对虎狮兽将来本地郊外的动物园展览，为期两周。

十一

这对兄妹小兽的父亲是一只幸运的孟加拉虎，双胞胎将在我们这里度过一周岁的生日。它们刚刚到达时，晚报的社会新闻版面报道过，但学校里的师生对这件事置若罔闻，薛欣卓更是毫无动静。我甚至有点生气了，这点是一次信手翻书时通过自省发觉的。我读到一个女人与新结识的男人过夜后，一天天郁闷地等待那男人再来。

直到虎狮兽展览还剩最后三天时薛欣卓才出现。她面无光泽，眼袋松弛，带着几个出力的人从三楼胡四可的办公室里搬东西。我想起前一天馆长把馆内大大小小的胡四可像都撤了下来,还轻蔑地扫了我几眼。我不知道发生了什么,还好,薛欣卓没有那样对我。纵使满脸疲惫,还驼了背,她还是特地到我面前,说要和我聊一聊。

她坐在曾经坐过的靠窗的位置,不会被门口的人声打扰。我坐在她对面。

"你不会不知道吧?"她说,"胡四可完蛋了,现在连住所都没了。原来他的生意早就是个空壳,账目问题多得吓人。"

我是吃惊的,但薛欣卓可能认为我的反应近于麻木。我说:"怎么会这样呢——他不会卖掉图书馆的书吧?"

"别逗了,图书馆的东西从来都属于学校。他出钱纯属自愿,当然也有他的目的。我现在知道了,他至少有两个前妻都出自这所学校。"薛欣卓竟然拿出烟盒,在借阅室里点起一支烟,看似没打算在乎任何规矩,"我只想问问,你到底了解胡四可多少,又了解埃布埃多少?"

她从手提兜里找出一个书签,上面的大字是"胡四可图书馆"。她递给我,说是我给她读的一本书里夹着的。

我看了看那书签,看印刷方式和品相已经很旧了,上面有胡四可的头像。想必是他捐助图书馆初期印制并夹在书里的。小字是他的半生简介,除了缺几个协会的头衔,和馆里撤掉不久的人像上的说法相差不多。但在书签的头像和简介之间有较为醒目的几个字:"胡四可,字立虎,自号山威。"

薛新卓只顾吸烟。我说我会把书签夹回去的。这时她好像突然发作了。

"我只问你一句话,你坦白跟我说——前一段时间你一直对我说那些狮子老虎的事,究竟是不是……究竟是不是在暗示我什么?"

"什么?"我盯着她,合不上嘴。

"别再这样交流了行吗?我现在要你明确地告诉我,你有没有充当知情者,来暗示我该怎么做?你爸爸当年为了讨好胡四可甘愿坐牢,这我知道,别告诉我你们父子很单纯。你想在胡四可身边多一条人脉,对不对?"

她的冷言冷语把我的脑子搞乱了,但我还是听懂了一些。我的脸色绝对不比她的好看。

"停停停……我不知道你在说什么,让我先弄清楚一点——"我伸直一根手指,直视着她,"你一直表示你对大型猫科动物感兴趣,而现在你突然告诉我,实际上并不是这样,对吗?"

薛欣卓似乎一时语塞,我则没法平息这股受到伤害的恼火:"见鬼,那两只虎狮兽来我们这儿整整十一天了!"

愣怔过后,她露出眼仁下面的眼白,吁出一口烟气,无比沮丧地摇着头。

赦免日

赦　　免　　日

一夜醒来，我发现自己原谅他们了。

起初我也不知道发生了什么，只觉得有什么东西与以往不同了。很奇怪，变化该是发生在我体内，又和外面的什么东西相关。更让我觉得诧异的是，这居然是一种让我觉得舒服的不同、让我感到愉快的变化。我无缘体会像样的舒服和愉快已经很久了。

连左锁骨上方那道久经溃烂的伤口也由疼痛转为略微痒痒。这让我的感知渐渐清晰起来——我得承认，原谅发生了。睡梦间胸膛里想必有过积郁迅速化解的窸窣鸣动。

躺在床上想到他们，我仍然深深呼吸。当初他们的所作所为让我不敢相信，今天我对他们的原谅更加难以置信。下床时我有点失去平衡，不得不像体操运动员翻腾后落地那样张开双臂，我想我并不是为过去的事眩晕，而是身体尚未适应沉重怨恨蒸发无余的感觉。我喝了一杯凉水，水经由喉咙直接冲进胃肠，没有气团阻塞也没让我打嗝。我哼哈两声，欣喜地确认了这一点。

这居然是一个近来难见的清爽清晨，夜雨看似过去多时，窗外阳光很棒，地上的积水退缩成景象中的点缀。如果天气是我心情的投射，我真得为过去几年的阴冷和闷热向人们道歉了。

我想去晨练。由于这是个突如其来的决定，我没有翻找到合身的运动装，只能穿上一件春秋季连帽上衣和一件有点短小的浅色短裤。镜子里的我让自己咧嘴。我摇摇头，然后不由自己分说，迈开步子跑了出去。我提起速度，同时每一步都鹿似的高高跃起。转弯时我和一个邻居撞上了。他就是养狗的那家伙，他的狗咬过我，我们吵了一架，后来我烧焦了那条狗的一条后腿。其实我一直在苦等和他的第二次争吵，不过现在不同了。

"没关系。"我抬起眉毛摆手对他说。他们都可以被原谅,他自然不在话下。

他止住趔趄望着我,嘴里说了句什么。我耳旁只有阵阵清风。

一路上,我的皮肤在晨光中展开褶痕。几个幸运的家伙迎面掠过,见识到了我舒朗的眉眼。顺着这条路我跑向小河。常待在河边的两个妇女果然在那儿,远远地看着我,不时把一两句话吐进对方耳朵里。这几年这一带那些关于我的风言风语必然就是这样发源的。今天女人们也许为我的轻装亮相而讶异,见到我忘了马上扭头走开。我有机会逼近并吼叫,但却只是拉拉皱缩在腿根的短裤裤脚,朝着远处的两人低声自语:"我原谅你们了。"

往河的上游跑,过了那座小桥,树丛隔开了人声和流水声,体外和体内的环境同时安静下来。我明白自己为什么跑到这里来了。树林间这种曾经熟悉的感觉让我起了一层鸡皮疙瘩。在"他们"还包括我的年月,我们曾汇聚在这里。那时我们很开心,说了很多也想了很多。我当然还记得,我和她同来同往,走的就是我今天跑来的路。那时她和我住得近,一起来的路上我们轻快地跑起来。她在前面转过身来倒着跑,朝我喊"快点"。我不知道为什么要快点,我们并不赶时间，但我没问过她，我喜欢她面对着我倒着跑的样子。

现在我俯身按着膝盖，跑累了的样子。

后来他们做出的事把他们和我生生割裂开来。我弄懂整件事时也是在河岸，我头晕目眩，独自从小桥上跑回去时，踉跄着险些跌下桥去。我知道自己不会再和任何人同来同往，我知道自己的肤色会变得像现在这样苍白。几年间我都没有勇气回想那件事，直到今天，草木的气息中，我竟然试着梳理了它的前因后果。为之我闭上了眼睛，几次蹙眉。但事实上事情不再会让我肠胃痉挛。他们确实那样做了，出于那样的缘由，制造了那样的后果，但那又怎么样呢？似乎要达到同样的目的，他们也没有太多选择。而他们心里怀有那样的目的，与世间某些罪孽相比较也难说是什么十恶不赦。

返回的一路上，我脑子里的东西让我平静而坚定。回到住处，我下力气洗漱、剃须，找了套虽不平展但还算干净的衣裤换上，然后擦干净镜子，整理好领口和衣襟。即使只是要打电话给她，我也觉得该先做这些。

我把电话通信录从头翻到尾，想起她的号码早就被删除干净了。

我坐下来,心里生发出一个主意。我决定去找她。以前她就住在一个街区之外,后来她向南迁移了很远。我去那一带找过她。那是在事情发生后不久,我咬紧槽牙去找他们其他人,我以为自己的出现会足够突然,可回来时我的眼角流着血,左腮青紫,当然拳头也是肿胀的。我脑袋里回想着声声冷笑,衣裤某处还挥散着汽油味儿。按照曾听说的只言片语,我去找她的新住处,路上我摔了两次却不觉得哪里疼痛。我在几幢房子之间徘徊喊叫,几乎耗尽了体力,我相信如果她出来把我领进她的家门,我喝上几口热水后就会昏睡过去。

事实是她和那个高个子男人一同出现了,喊话让我回家冷静自己,然后就开车以不容阻拦的速度离开了。我没机会看清她的眼神。从此有什么东西被彻底扭断了。

今天我却有一种莫名其妙的信心,我会找到她,她一定正在家里等着我去聊一聊呢。我已经原谅她了,还有什么不会发生?

我向南行进,在路上已经忍不住要说点什么了,对谁都行。我打电话给以前常联系我的出版社,让接电话的人转告一位编辑，我可以继续写我的书稿。我查了一家牙病医院的号码，打过去凛然询问智齿长不出头却肿痛该怎么治，听完解答后倒吸一口凉气，说等我做好决定再说。我还破例主动找了我姐姐，重申我一个人过得很好，但说如果她真的想要我跟她全家一起旅行，我也不是绝对不会考虑。

到那一带时，阳光已经有了中午的味道。我找到那扇门，跃上门前的台阶，伸手敲击，每一下似乎都有回音。

门开时我还没有平息跳跃引起的气喘。门里愣住的人正是她。

她穿着松快的睡衣，但仍看得出胖了。毕竟几年过去了。

她正慢慢张开嘴，我指指她说："我原谅你们了。"用我今天特有的洪亮嗓音。

"真的。"我边点头边让她相信，"我原谅你和他们了。"

她努力不张口结舌，但还是像个傻瓜一样。我轻轻一笑，原谅别人果然很美好。

屋里传来那个高个子男人的声音："什么事？"接着他出现在她身后，穿着类似的睡衣，审视门口的情形。

他们做出那件事时,他应该不在其中,但自从当年我见到他就总是把他和那件事联系在一起,虽然至今我都没编织好其间的逻辑关系。今天她、他们其余人,还有他,一并得到了我的原谅。

"没什么。"她回头对他说。他眼睛看着我,嘴里说:"那好,我就在厨房。"

吁气过后,她说:"你……怎么样?"她的意思当然是问这几年我过得怎么样。

"是这样——"我回答,"今早下床时我没站稳……喝水后也没打嗝,你懂我意思吧?"

她把眉毛挂上额头。我有点兴奋,不知怎么对她说清楚来龙去脉,只觉得再开口语速越来越快,自己都听不清楚自己在说什么。

"总之就是这样,今天什么都不同了。你们甚至可以求我做点什么。"为了表明自己现在有多大度,我指指门里,"我可以跟你一起吃一顿饭,真的。"

我擦着她的身体走进门,她跟在后面,有点像不认识自己家里的路。

找到餐桌,我坐在一份盛好的饭菜前,摆出了同意进餐的姿态。高个子背着身刚倒满一杯果汁,转过身急停在我身旁。她让他再盛一份饭菜去餐桌另一角吃。我吞下一大口咖喱味的东西，又送进嘴里一口。今早我做了所有事，就是忘了吃东西。

"你现在怎么样呢？"我嘴里太满口齿不清，欠身拿过高个子的果汁喝了一口。她却好像真想回答些什么，我摆手说："算了，都过去了。今天什么我都能理解——这儿装修得不赖。"

她的餐桌有漂亮的木纹，厨台理石颜色也很好看。看得出，这几年她尽力在物质上使自己放松。

"记得吗，上次我吃你的饭还是在你原来的房子。当时我喝多了，半夜跑到你那儿，说我可能会在一夜之间变成另一个人，问你信不信。其实当时我也不清楚自己说的是什么意思，但你说你相信我。我当时忽然觉得格外轻松，身体也舒展开来，在你那儿一直睡到第二天这个时候。"

"是吗？"她看了看脸色阴沉的高个子。

我大幅度地点头，然后说："他们——那些家伙，肯定想不到我会突然原谅你们吧？我是说，如果有一个人暗自想过我会这样出现，那只可能是你。"

"我会转告他们你的心意。"她说。

"不用你开口了。我自己当面告诉他们。等会儿你带我去找他们就行。"

"这个……有必要吗？"

我用手背抹抹嘴角，声音笃定："有啊。比方说你要赦免一批囚犯，总该让他们亲耳听到权威消息吧，否则他们出狱就像越狱。"

高个子皱起眉头，吸足了说话需要的气息，但她朝他做了下压的手势。他怎么会理解我们之间的事。

她说："我的意思是……"

"没什么复杂的，我只是想亲口告诉他们我原谅他们了。你也知道，我想说的话一定要说出口。"好像这向来都不是我的性格，从小到大我总是攒很多话在肚子里。但今天我想她能感觉到我的坚持。

我看看窗外的天色，被日光刺了眼："而且最好尽快，时间不早了。"

她好一会儿没说话，盯了我许久后说："等我一下。"

这次高个子叫了她的名字，但她再次打断了他，我也对他做了下压的手势。

她和高个子离开后我完成了这顿饭，吃得很饱，然后坐在那里边等她边整理衣装。

我听到她在外间低低的语音，停歇一阵后，添了几句含混的话，随之是更久一些的安静。稍后她回来安排了出行。

出了门，高个子不情愿地打开一辆光鲜的车，我和她从不同车门钻了进去。

高个子开车，她坐在他旁边。轮胎在地面滚动的声音细密又清晰。在车上我谈起我要继续写的书和刚准备要去做的旅行。她张望车外，偶尔点点头。

"你应该知道吧，并不是所有人都喜欢被原谅。"在我说话间隙她稍稍转头，有点突兀地说。

她指了一次路，车走向我不熟悉的方向。他们不再聚集在任何我去过的地方，这让我心里略感不舒服，不过旋即那点杂念便淹没在宽宏大量的洪流里。

下了车，晴朗似乎达到极致，我却莫名急迫地吸了几口气。我闻到了那条河的气味，听到了它的流水声。这里应该靠近绕城河的下游，下游水流更聒噪或者说更欢快一些。我挠挠脖根已然干结的伤疤，跟着她进入一座小楼，上到顶层，走到一扇虚掩的门前。

"我先进去打声招呼好吧？"她说。

"还是别了，今天的话都得我自己说。"我边说边推门走了进去。

我闻到了熟悉的他们的气息，只是侧面墙上阔大画作中的山巅云海意境之高远略出意料。屏风里面有人问了声谁，她边走边吸了气，但没有出声回答。我认得那声音，也认得绕过屏风后见到的所有面孔，即便其中两三个变胖了。我胸中的波动没有搅乱更深处的平和。起初他们朝这边瞥了一眼，看到她之后曾想收回眼风继续喝茶说话，但视野里的我让他们呆愣了。他们正在喝的是茶，而不是几年前的酒。清醒让他们所有人都僵硬在那里，最缓慢的表情变化映射了最剧烈的心理激荡。那些表演浮夸的话剧演员应该见识这一幕。

所有人静默许久。有人低声叫了她一声，意思当然是问她怎么回事。

她让高个子随她坐在另一个沙发上，对他们说："他有话对你们说。你们好好聊聊。"

"呃……"我移步到他们几个人的目光当央，把插在外衣兜里的手抽出一只，比画了一下说，"是这样——我，原谅你们了。"

更持久的沉默开始了。我知道他们需要慢慢消化这个消息，也明白或许她说得对，不是所有人都喜欢被原谅。

他们中站起一个，用我快要听不清的低音说："我们走。"接着其他人站了起来，转向门口。他们显然安然坐了好久，有些人裤子的后裆缝深深夹进了屁股。

"老头子怎么样，他怎么没在？"我提高声音问。

他们定身在原地。终于有人转过脸正视我了，是比萨。"老头子？你不会再看到他了，你满意了吧？"

"什么意思？"

"你少摆出这副样子！"

我眨眨眼："无论如何，我原谅你们是诚心的。我来只为告诉你们这个。"

有几双眼睛眯了起来。眼镜站在边缘对我动了嘴唇，该是不出声地对我说了"对不起"几个字，看来他还是喜欢这样对人说话。我轻微地笑了笑："知道吗，今天我们完成这件事很重要。我是今早醒来突然原谅你们的，这种原谅很干脆很明确。但同时我也慢慢感觉到，这种原谅，或者说我心里的这种宽宏的感觉，未必是永久的。我是说，谁知道我再睡一晚上，明天会不会一下子找不到什么原谅和宽宏了呢……"

随着自己的话，我皱了皱眉头，又望望坐在另一边的她和高个子。这种担忧最初隐隐萌动时我还不知道该怎么描述给她，现在我忍不住要坦白地说给所有人。

"你说什么？"比萨突然朝我迈了一步，"就凭你，想威胁谁？明天你能怎么样，你找到这儿来，难道会拿出你那点本事，烧了这儿烧死我们？"

"你真曲解我的意思了，我今天每句话都是真心的。"我说。

他对其他人用力挥手："走！"

"这样走……"我走过去拉了他一把，"不太好吧……"同时眼前晃过一只拳头，耳朵听到咚的一声。我的身体砸翻了茶几上的几杯茶水，颧骨麻木了。

"你们干什么？"她和高个子站了起来，说话的是高个子，"他只不过是来说原谅的。"

"没你的事！"比萨说。

她拉住了想要上前的高个子。

我捂着颧骨，想支撑身体站起来，但试过后乖乖地在他们刚刚的座位上坐了下来。一侧口腔内壁窜出一股血腥的滋味。

比萨身后有人想挤过来靠近我，被她推了回去。

"你们过来！"她喊。她把他们引去了另一间屋子，开始说话。他们中很多人开了口，一个个地或者抢在一起地。他们的声音其实不小，转移地点似乎没什么意义，可是我的耳朵开始嗡嗡作响，要听清他们的话总是差那么一点。我花了大力气抬起屁股，走到他们那房间门外靠墙站住，才开始听清那些残言碎语。绞缠在一起的字句中有些快而低沉，有些则甩鞭子一样，把什么东西抽打出来。她忽然提高了音量："你们还没看出来吗？他现在是个病人！"

这话撞了门外的我一下，也让里面的声音少了几分缭乱。

"上午他找到我家时我也没想带他来这儿，但我感觉到了我不该像打发正常人那样打发走他。我打电话给他姐姐才知道一些他这几年的事。毕竟他姐姐也曾是我朋友。我不想细说，你们肯定也不想多听。可是你们对他和和气气地说几句话也许就能帮到他和他家人。家里有个自杀过、到现在都不肯正常说话的人，谁还能放心地过一天日子？"

我倒退了一步，另一面墙接住了我。锁骨上脖根处的伤口又疼痛起来，似乎有什么东西要从里面强行拱出来。

里面有人低声问了一句什么。她叹了口气："也是好长时间之前的事了——我们还是原谅他吧。当年的事，你们以为只有我们是受害者吗？他对自己下手那么狠，他姐姐一提起就哭。现在他的状况又变成这样……我们今天起码装出一种宽恕的姿态行不行？"

我拔腿往外走。不久前我还决意不轻易离开，但现在我不想听见他们的表态。好在我耳朵里的嗡鸣声更大了，掩蔽了其他声音，随即却也弄翻了我的视野。

"宽恕他一天，行不行？"末了这句话化成波纹，漾进我的耳朵。

一阵行车颠簸晃醒了我，刚才的睡眠魅惑而又极其短暂。我撑开眼皮，看见他们虽然一言不发，但都回到了我身边。她在，其他人也在。看不清谁在开车，不过查查人数，除了老头子谁也不缺。我累了又觉得不愿歇息，因为好像是呼吸让我疲劳。光影透过车窗，交替扫过我朝上的一侧脸颊，后来变成触觉上的摩挲。

很像多年前我们一次酒后同行的情形。

支撑我身体的是车后座，我侧枕在眼镜的膝盖上，所以血流在他的裤子上而没有呛进喉咙。眼镜低头看见我醒来，没有对别人说什么。这家伙总是不愿意用他的声带。他的一只手抚上我有伤的脖颈，我努力让自己的表情像微笑，他的手则贴紧我的脖子，然后渐渐发力下压。笑态在我脸上幻化，只剩余龇牙的部分。我觉得不再能顺利地咽下口水，而且开始想要扭动身体，可头和四肢都一动不动。车前排有人商量着去哪家医院。眼镜松了手又重新压下来,他的笑才是真正的微笑。我觉得自己眼球开始鼓胀,但仍看得见他的嘴唇嚅动,他又无声地吐出那几个字,只是这次看起来更像是——"说对不起"。

斑点闪动

斑　　点　　闪　　动

A

上个月我在一个常去的贸易城市逗留，希望能等来生意上的好运气，无从进展时我陪当地一个女朋友去逛了一个宠物展。我以为只要让她对那些动物兴奋起来，自己就可以享受一会儿安静和沉默，没料到她对它们太感兴趣，由头至尾她都晃着我的胳膊，几乎把每一只动物都指给我看，并且强迫我觉得它们可爱。我看见了无数条狗全身毛发被修整得像蒲公英一样蓬松，大大小小的猫穿着各式的花衣服，长相精明的啮类动物蜷缩在漂亮笼子里……展会上有一条擅长接吻的杜宾犬，它跟主人唇吻时，会像人一样歪着头闭上湿润的两眼，一副陶醉沉迷的样子，吸引了很多人停步围观。

离开后，女朋友后悔没有亲自去亲亲那条狗，说那是她见过的最特别的宠物。对很多事物她都爱给出近似这样的评价，包括对我。我没怎么应和她，却在走神中轻轻笑了一下。说不清是什么让我想起了多年前混迹在莫塔镇时的一段日子。

B

偶尔提起莫塔镇和我在镇里的生活，我只能煞有介事地说在那里我写了一本不愿示人的书。毕竟世人以虚度光阴为耻。实际上那一年多除了为镇里的闲人做过几次语言家教，我几乎什么都没干。在这个镇停留只是因为经历了几次变动迁移后，我对自己未来究竟该有何作为已经没了主意，而这里似乎是能容我以最慢速度花光随身钱财的地方。这样说来，廉价租给我房间的老曼尼是帮了我的忙的。

直到现在我仍没找到满意的活法，可作安慰的是，听说很多人至死也没能找到。

那时我知道老曼尼也刚搬来镇里不久。背后我一直这样称呼他，似乎对这个干瘦的老头有一种与生俱来的轻视。我一度想改掉这一点，但别人向我证明没那个必要。"老曼尼呢？"他们不常提起他，偶尔提起时，准是这样说。

我们住在莫塔镇的北沿，据说买下这房子和这大院子花费了老曼尼不少钱，可他对打理庭院却并不热衷。偶尔我帮他剪剪草坪，他好像也不太买账，还说我弄出的声音可真不小。但他租给我那房间的价格确实很便宜。总的来说他挺慷慨，有时却会显得寒酸。比如我做他租客的第三个月，他突然要我多预付半年的房租。见我有些迟疑，他才解释说他的小狗最近需要多加照料。这之前我从没听他说起家里有什么小动物。

当天我见到了那条有点脏的小狗，黑乎乎的，只有几个月大吧，可怜地睡在一个简易的笼子里。我想他刚刚捡了它，但出于尊重或者忽视，我没多问什么。拿到我预付的租金后，老头子就搞来了一些兽奶，另有一些宠物食品和一捆钢材。一周后，他竟自己做成了一个敦实的大笼子。我认为他有点反应过度了，原来的笼子应该至少够那小东西住一年。我见过了它那两只黑溜溜的圆眼睛，不像会对人索取甚多的样子。

后来在我们东边隔了一户的邻居哈维问我老曼尼最近在搞什么，我说没什么，只是养了条小狗。哈维从来不拜访老曼尼，当时我以为他是听见过焊接笼子的声音才这么问的。

C

接下来的冬天，我过了莫塔镇外的那条河，在河对岸住了一阵子。当然是因为我认识了个女人。她让我退掉在老曼尼那里租下的房间，长住在她那里。幸亏我没有轻信她，我刚刚在她堂妹家过了一夜，她立刻就把我赶了出来。远见让我避免了无家可归，又回到莫塔镇。

重新躺在我原来的房间里，第一夜我竟然没有睡好。我确认自己下午过河的时候就把身后的女人淡忘干净了，这时失眠是因为楼上老曼尼卧室的方向传来呜呜的叫声和咕噜噜的喉音。这个大院子把我们和别的居民分隔开来，因此夜晚通常显得特别安静，这断断续续的怪声最开始让我汗毛倒竖。听了很久我才想起来老曼尼养着条小狗。我低声骂了一句，把被子拉起来蒙住了头。

第二天将近十一点钟我才慢腾腾地起了床，身体懒得很，但我还是走上楼去。老曼尼的卧室关着门，我没去敲门，因为我提前闻到了一股腥臊味。在卧室隔壁的小房间门口，一团鼓囊囊的皮毛蜷在老头子自制的笼子里。看来这条小狗长大了很多，睡姿和我第一次见它时一样，但身体饱满得像是另外的家伙。记得几个月前它脏兮兮的，现在从它身体和露出的半边脸来看，简直肮脏得让人倒退一步。毛色深浅斑驳，像有污迹在身，也像被轻度烧伤过。我有一点不适的感觉，挥手扇了扇鼻子前面的空气仍然没能缓解，稍后我意识到自己是担心它在我离开前醒过来。

"昨晚没睡好吧？"

我急忙转身，两脚互相绊了一下。老曼尼在我身后说话："你刚回来，你的响动和气息让丽莎觉得不太自在，过两天就好了。"

"丽莎？"我朝笼子里看看。

"它是个可怜的小姑娘，据说它妈妈那一胎生得太多了。"老曼尼说，"要不然，我现在让它和你熟悉一下？"他向笼子走了两步。

"不用了不用了……"我尽量说得客气，"我要出去一下。今晚估计我没问题了。"

他有点失望似的："那好吧，就让丽莎再不安几晚，白天再休息吧。"

再入夜，我喝了点酒才睡，睡得好多了。第三晚上床后，我留心听了很久，觉得楼上的叫声和咕噜声微弱稀疏了，略感欣慰地合上了眼，意识模糊之际，突然听到了咯咯的尖笑声。这声音难以名状地刺耳，伴着铁链的响动反复袭来，使我腾地坐了起来，仿佛猛醒于荒野那样打起了寒战。每隔几秒钟尖笑声就发作一次，仍然来自楼上，可这回那简直就是人声，难道老曼尼突然疯癫了？

住进来之前我对老曼尼有一点简单的了解，没发现什么让我不舒服的。他还保存着他前妻的照片，据说那女人冷然抛弃了他，从他用手掌擦拭相框时看她的眼神来看，他应该没有会给我带来麻烦的性取向问题。在镇里他是一个平静而低调的老头，有人知道他曾是一家市立图书馆的馆员，工作做得每时每刻都井井有条。住下后，我更觉得他把日子过得平淡刻板，连戴着花镜阅读的姿势都始终规矩如一。他生日时我甚至想付钱替他找个女人来过夜，可我感觉他不会享受生活中的花样。随后，丽莎来了。

我穿着睡衣满房间翻东西，终于找到了那把手电筒，里面还有一点余电。我点亮它，步子缓慢地走上楼去。这时算是午夜，上楼不是因为我勇敢，而是因为我明白自己没法在这笑声里熬过下半宿。

身前的微弱光线游移到楼上，让我看见走廊里的两个身影，那应该是老曼尼蹲在出笼的丽莎对面。两者都弓着身子，瘦削的是老曼尼，两眼反光、发出尖笑声的是丽莎。看来老头子没事，但我难以安抚自己。

黑暗中，老曼尼发现了踟蹰不前的我，唤我过去。我闻到了生肉味。他在给丽莎喂食，丽莎边吃边咯咯地发出尖音，没有兴致看我，因而我才敢于走近。一束月光透过一扇小窗，轻薄地照上丽莎的肩头和腰身。它被铁链拴着脖子，但后颈上竖着很长的毛，我意识到这不是一种适合抚摸的动物。与我见过的狗相比，它的耳根饱满宽大，五官可绝不疏朗，嘴拱在那堆生肉上时，低矮的眼睛周围都沾了血污。我看不清生肉，但从丽莎的咀嚼声中我猜它吃得很香，而且在不断淌出口水。

老曼尼说："你要不要亲手喂喂丽莎？你也算它半个主人了。"

我没吭声，却悄悄把远端的一块碎肉踢到丽莎近前，然后盯着它看。不知怎的，我像是被迷惑住了，丽莎这么快就完成了它的丑陋发育，身上的气味也更加难闻了，但我一直注视着它啃食时那种贪婪放纵无所顾忌的模样，很久才回过神来。老曼尼仍蹲在一边，他的平静与丽莎的吃相适成对照。

D

当时我以为有那种奇特感觉是缘于自己过于敏感，但用后来哈维的话来说，没有比我更迟钝的人了，离得那么近还没有觉出丽莎是什么东西。我辩解说那夜几乎没有光亮，直到老曼尼开始在院子里的草地上溜丽莎时，我才看清楚它的全貌，比如那前肩有多高耸、形成了一个夸张的前后斜坡，小扫帚一样的毛穗短尾有多滑稽，还有颈上放射状的浅色鬃毛看上去有多轻狂。我又反过来嘲讽哈维，他养的两匹马在他家里焦躁了几个月，他都没想到附近有一只猛兽。纳闷了很久之后，一天哈维骑着他喜欢的棕色母马经过老曼尼的院子门口时，一声马鸣掩盖了哈维的惊叫，他摔下了马背。由于哈维向来以自己与马的亲密关系为骄傲，这次他不得不在家等着颧骨处外伤痊愈，半个多月后才出门见人,这期间他才猜到了问题所在。

哈维是在老曼尼住院期间来找我的,他紧张兮兮地说想看看老曼尼的狗。

老曼尼犯的是心脏病,据他自己说这几年发病越来越频繁了。被抬上救护车前,他困难地在呼吸间挤出说话的力气,嘱托我替他喂丽莎。哈维来时我正不情愿地要去干这活儿,我就让他跟我上楼帮忙。

丽莎早不用它的笼子了,但它脖子上的铁链子有一条胳膊粗。我取出冷藏的生肉,按照老办法先从远处扔给丽莎两块,才拎着剩下的肉靠近。不需要我提醒,哈维一看见丽莎的样子就乖乖跟在我侧后方。像往常进食时一样,丽莎咯咯尖笑。此时哈维面色苍白,收缩了肩膀紧盯着丽莎。它正从乌黑的口鼻间频频露出白亮的尖牙。哈维曾经乐于教别人如何与动物交流,喜欢把邻家主妇举上马背,任其吓得哇哇大叫。但此时哈维一言不发。

过了好久他才轻声跟我说:"我不认为丽莎是一条狗。"

我说:"它的确够丑的。"我看了看丽莎,怕被它听懂似的。

"我不是那个意思……而且,老曼尼确定它是母的吗？"

"当然了，他还说丽莎的身形是怀胎的好坯子呢。"

哈维只伸出短短的半截食指，指了指丽莎的胯下。我这才第一次看到丽莎两条后腿之间那一根加上一团明显凸起的器官，虽然色泽阴暗却饱含生机。我的眼睛犹如被刺了一下。想起老曼尼叫丽莎"好姑娘"的声音我有点恶心。

"真不明白，这个老头子……"哈维的声音在远离我。我扭头看见哈维边说边向后退去，自己也丢失了从容，学着他的样子面向丽莎倒退着走开了。等我来到楼下，先离开的哈维已经在院子里朝门口走去了，连再见也没说。看来他要看的东西片刻间给他留下的印象已经足够深刻了。

哈维的话让我想到有那么几天，老曼尼常常请我帮忙提拿东西，理由是他磕伤了臂肘。我看他的右臂根本没法打弯，但他说只是小伤。一次他别扭地脱下外衣时，露出了肘部包扎的厚厚的纱布，血一定流得太多，那一圈缠得臃肿的纱布像一个只有零星白点的暗红色臂箍套在那里。但我想老头子心脏病发作与这次受伤无关，因为那几天他比较开心，包括因为臂弯疼痛而龇牙咧嘴时，他还少有地打出了几个欢快的电话。

见识了丽莎的几天后,哈维给我看了一本图解食肉目动物的书,我从中找到了丽莎的家族。如果多一点见识我确实早该认出它,曾无心看过的野生动物纪录片里的几个镜头重回我记忆中,都与混乱和残忍有关。

> 斑鬣狗,俗称笑鬣狗和虎狼,鬣狗科最凶猛的一种。该科表面像狗,但与犬科无关,基因上更接近猫科和灵猫科。有极强的撕咬、消化能力,是高效的猎杀者和寻腐动物,非洲狮的最大竞争者……雌性通常大于雄性,并以外观雄性化的假阴茎在交配中占据主动……

哈维郑重其事地告诉我:"我们得弄死丽莎。"

"我们?你养了马,当然不喜欢丽莎了。你不想每次骑马路过都摔下去,关我什么事?"我没有给哈维好脸色,实际上是因为心里有些乱,不想再谈这个了。我在那本书里看到了几条斑鬣狗把头伸进角马尸体的胸腔里挖吃内脏的照片,还有它们围绕在巫婆与火焰周围的一副油画。

E

老曼尼出院回家后，一时体力差得很。他说过会减免一些我的房租后，我照顾他吃了几天饭，还为他读过几次书报。他选给我读的东西经常是各地的风俗和珍奇见闻，比如订阅的期刊《探寻者》和《世界角落》之类的内容。他说他年轻时读了太多老旧严肃的书，做人沉闷得惹人嫌弃。

对丽莎，他似乎更加宠爱了。我给他读东西时，通常丽莎就被牵在他身边，它多半安静地卧在床边避光处，睡着了一样，这样的时候我就读得相对顺畅，不大结巴。有一次我不小心把手里的书啪地掉在地上，蜷伏着的丽莎没有像狗那样腾地站起身，然后看看出声的方向发生了什么，而是由卧姿直接露着牙向我猛蹿过来，铁链绷直后拉住了它。我在椅子上收缩肛门的速度也不次于它。老曼尼告诉我没事："这姑娘只是太寂寞了。"

我也像他一样轻描淡写地咧嘴笑笑，看着丽莎回到让它舒服的阴影里，然后伸出我的一只脚，试图用脚尖弄回地上的那本书。

一个中午我和几个邻居去哈维家看他的母马下小驹，是一次难产，据说从清早就开始了，母马一直在挣扎，小驹的半截身子在母亲屁股后边挂了很久，结果它一落地就是死的。湿漉漉的小东西并拢着两双细腿躺在地上，哈维心情坏透了，满嘴脏话。

想不到晚上老曼尼听说这事后，竟然用还有些软的腿走出门去，要来了那马驹的尸体。其实哈维应该想到老曼尼要那个死驹想要做什么，不知这老头是如何巧妙地说服他的。这时由于主人的身体状况，丽莎已经几天没吃整块的肉食了。

老曼尼仿佛一下子恢复了健旺，让帮忙搬运的小伙子把死驹放在院子内里一面石桌旁的角落，潦草地送走了人家，然后就急着牵出了丽莎。我在房间里听见丽莎刚来到一楼就开始尖笑了。显然它和老曼尼都很兴奋。他们在地上那匹小马尸体跟前低下了头，丽莎毫不耽搁，开始了啃食，老曼尼则是在出神地观看，谁都没回头看来到他们身后的我一眼。暗夜里我能看清的，只是丽莎甩动脖子撕肉时一次次露出的通亮眼球，但我能听见吸食意大利面条的声音，也能听到折断骨头的声音。老曼尼丝毫不想打扰丽莎，像在见证杰作诞生一样。我还从没见识过对完整尸体这样粗鲁的处理，白天时这匹小马只是没喘上气来，就落了这样惨不忍睹的下场。我又快要看得发呆了，但这气味太让人作呕。我回到自己的房间，把准备好的晚餐倒掉了。

第二天清早，我发现昨晚马驹尸体所在的角落，有一片被苍蝇围绕的血与脂油形成的污迹，还有几缕马尾，这说明老曼尼夜里欣赏过那场表演后，没有像往常那样打扫现场。以前丽莎弄脏的地方很快就会被他收拾干净，我觉得他昨晚是过于心满意足了。

我屏住呼吸踢开了马尾，认出附近还有半个小马蹄，上面划满尖牙齿痕。不见其他的骨头。怎么，丽莎连马蹄也吃下了三个半？

"怎么样，看清楚那是只什么样的野兽了吧？"哈维在酒馆问我。

"你给老曼尼马驹难道是为了恶心我？"我皱眉问。

"我得对老曼尼喂养小狗表示支持，"哈维抬起一对食指和中指弯了弯，做出个空中引号，把另一只手搭在我肩头，压低声音说，"然后我们再找机会动手……"

"得了吧，我说过，别扯上我。"我扭开脸，自己喝酒。

睡眠不好的日子，我喝的酒就会比较多。这阶段每个听到丽莎尖笑的晚上，我都会不由自主地猜想还有没有同样闲适的小镇和同样便宜的出租房间，继而想到迄今的空虚与失败，还有无可期待的未来，然后在听似尖酸的阵阵笑声中等待注定昏昏沉沉的新一天。这天从酒馆回来后，我觉得阳光甚好，索性把一把旧躺椅拖到院子里，仰躺在上面晒起了太阳。合上眼皮我也能看见一片暖色，舒服透了。我像个老年人一样睡着了。意识渐渐恢复时我觉得自己睡了很久，我把有点酸疼的脖子歪向另一边，完全想不起自己处在何时何地了，随后我明白这种浑然不觉其实是最好的美梦。

右侧的腹股沟开始给了我知觉，抓痒似的。我睁开眼睛，看见丽莎正在用鼻子摩挲我的腿根。它的嘴唇还是那样黑而黏湿，牙齿还是那么狞白，可这一刻我才意识到它长到多大了。我不喜欢它这么主动，并立即做出反应，重又闭上双眼，把上下眼皮紧紧挤在一起。

再睁开眼，我看见老曼尼坐在右边几步外的木凳上，上身趴在那面石桌上，也在瞌睡。丽莎脖子上套着那根链子,链子的另一端落在老曼尼身旁的地上。我尽量不振动自己的声带,想用气嗓叫醒老曼尼。我知道白天打盹儿对老头子益处良多,但我认为这次他必须醒过来。

我脱险之后已经大汗淋漓。老曼尼起初安慰我说丽莎只不过是在向我示好,后来看看我湿亮的脸庞,他道歉了。我没对他说什么,也无话可说,他应该知道他睡得有多香,丽莎直到对我的身体失去兴趣后才自行走开,在我的裤裆处遗下一片涎水。

哈维听说这事之后大笑了足足十五分钟。

F

"老曼尼什么时候走?"在酒馆门口,哈维边拴他的马边问我。

我眼睛看着别处,简单地告诉他:"明天上午。"

那头小马驹在丽莎嘴下消失之后,老曼尼就经常外出,带一些古怪的东西回来。镇里人对他的毫不关注还真是件好事。至少每隔几天他都要出去一次,搞到的一般是比较完整的动物尸骨,有牲畜的,还有鹿的。显然他是在跟附近乡村的人或者猎户打交道。

但有一次他运回了一个麻袋，从里面倒出了十几个互相磕碰的乌龟，多数是死的。丽莎很聪明，先咬死了那几个活的。它咬穿龟甲，就像我们嗑开瓜子那么容易，不过最终它把它们连肉带壳都吃光了。一天老曼尼站在院子的草丛间，手里拿着一个石头样的白色球块，还几次用拇指擦下那东西表面的白色粉末来仔细欣赏。出于好奇我从他手里接过了那东西，觉得并不坚硬，也学着他的样子把玩起来，直到他告诉我那是丽莎的粪便，因为吃下了足够多的骨头才变得这么漂亮。

"方便的话，到时为我留几颗这东西。"老曼尼说。我没听懂，他笑了："到时候你就会明白了。"

这次老曼尼出门后，我没有去锁好院门。我靠在房间的窗口向外张望，不久哈维就探头探脑地进了院子。他带着胶皮手套朝窗里的我挥了挥手，就跑到一个墙角，回到我视线中时手里多了一团电线，看起来又重又粗，正被一圈圈放开。我在窗子里自己摇了摇头，就像我原本不知道他要干什么勾当似的。他说他以前是镇里的电工，可差不多用了半个小时，他才在草坪当央的水源处把一切摆弄好。

他朝房子走过来，拉开门之前，牛仔似的对我点了一下头。我听见他穿着胶靴冷酷地上楼梯的声音，和一连串剧烈的呜呜与咕噜声，然后是咚咚跑下楼的脚步声。哈维推开我的房门，气喘着说最好还是由我去把丽莎牵下来。事先他说过不需要我动手的。

"帮人帮到底！"他几乎把我推上楼去。

哈维的样子使我看起来很老练似的。我先把一块生肉拎在手里，努力放松下来，终于把丽莎的链子握住。关于下楼的节奏，丽莎就是我的老板，我迁就着它，自己走得磕磕绊绊。哈维跑在前面替我打开门。来到院子里，我看见水源处已经蓄积了一汪水，在午前的新鲜阳光下闪亮得晃眼。勉强又走了几步，我就松开链子，把手里的肉用力远远地扔了过去，在那汪积水中溅起慌乱的水花。丽莎尖笑着跑过去，身体起起伏伏，有些像熊的姿态。我很少看丽莎连续奔跑，但却不觉得它的跑姿陌生，它在方方面面制造的丑的感觉有浑然一致的味道，你看见它的任何一个局部或者瞬间模样都应该能立即认出它。也许这就是它如此令人迷惑的原因。

丽莎朝水源越跑越近。我问身边的哈维："你能确保几秒钟就完事？"他兴奋地说电线连接着墙外的什么，肯定能行。随即他张大嘴巴一指前方。我赶忙闭上了眼睛，听见嘭的一声，紧接着又是更响的一声。我想场面一定火花四溅，但睁开眼睛后，我看到哈维抱着一块篮球大的石头冲了过去。丽莎单侧的一条前腿和一条后腿抬向天空，还在抖动，哈维在几米开外停下脚步，用那块石头猛地砸向它……

正午时，哈维把车开到镇子东面的河边。我随他下车，来帮他最后一个忙。他从车后备厢拽出那个带血的麻袋，一脚脚地把它踹向水流，嘴里骂他的马是孬种，连死的都怕，害得车后备厢里气味刺鼻。麻袋口没有绑紧，滚了几滚绳子就散开了，丽莎的大半个身子袒露出来，原本的黑斑点终于与真正的烧焦痕迹区分开来，它的头瘪塌了一半，那只眼睛与模糊的血肉混淆在一起。

"你非要让我看到这个不可是不是？"我生气了。我想起老曼尼说过的话，他说我算是丽莎半个主人。

哈维正踩着丽莎的爪子，在河边留下了几个爪印。"快了，马上我们就谁都不需要再看见它了。"

毒辣的阳光下，哈维和我合力把丽莎甩进了河流当央。

G

这天老曼尼回来得很早，此行看来很顺利。他弄到了一头肚皮雪白的鹿，喊我来看个新鲜，他说这鹿到他手上还没断气，可惜路远，否则丽莎能吃到活的。

吃力地安放好鹿后，他上了楼。我在院子里等待楼上的叫声，我忘了他是老曼尼，没人听过他大呼小叫。果然几分钟后他跑到院子里来，满头汗珠地对我说丽莎不见了，一定是他走时没有拴好链子。

我开始陪老曼尼到处搜寻。他重新查看了室内两层楼的每一个房间和屋顶的阁楼，推开了每一扇门，他脸上被涂上层层失望，由此我能想象当年他刚刚发现妻子离开时的情形。回到院子，他的脸色已经很难看了，嘴里叫着丽莎，但似乎自己也不相信丽莎能听懂自己的名字。走到水源附近，我说这里的水阀坏了，我花了整个上午都没修好。但老曼尼并没有问过我地上的水的事，只顾怀疑丽莎是从堆放旧物的那面墙上跳出去的，自言自语说早就该把围墙加高的。

他要在镇里好好找找，我只好和他分头去找。他顺着路急急地向一边走了下去，背影愈显瘦弱。我则在另外半个镇子里没有目的地游走。经过哈维的院门口时，见他在院里深处打理他的马，并望见了我，我避开他的目光继续向前走，一时犹如真的在寻找什么。转了很久，后来天色暗了下来，我不知不觉走到那条河边，但只平行着河道徘徊，没有走近河水。

太阳沉落之后，我看见老曼尼走过来，灰白头发汗湿凌乱。他对我摇了摇头，说如果丽莎走到这里，应该就不会回去了。他不再寻找踪迹了，自然也没走到丽莎的足印跟前。老曼尼只是无比疲倦地望着河的下游。阳光退去后，河水显得阴冷薄情。

这个晚上，我们的整个房子里格外安静。没有了一丁点丽莎喉咙或者脚爪发出的声音，也没有了链子偶尔拖划地面的声音，老曼尼也没有起夜，像是一个完美的无声境界，在其中，我更严重地失眠了，极尽耐心才让自己留在床上。虽然我次日很晚才发现异常，可我觉得，老曼尼就是死于这个静谧夜晚的。一个环境里欠缺了原有的呼吸，绝对会给人以不同的感觉，只是当夜我没想到这么多。

H

失眠后度过了又一个懒散的白天，我在外面混到天黑才回到住处。那头鹿还在院子里，我想去提醒老曼尼别让它烂在那里，直到上到二楼才意识到没人开灯。然后在老曼尼的卧室里，我看见他的身体斜在床上，头仰垂在床沿外。他的呕吐物沾染了丽莎原来栖身的位置和它的链子。他本来如此靠近丽莎，不该这么孤独地咽气。

我留在莫塔镇的最后事由，就是帮忙料理老曼尼的后事。我以为自己会为这变故压抑一阵子，甚至伤感地过几天日子，但在几个邻居中间忙碌很快打消了这种多愁善感的苗头。大家是尽心的，可在做事间歇也会开开玩笑。以去世的老曼尼为主题，人们都聊不上多久。即使了解他来历的人，也只能重提他做图书馆员时如何兢兢业业。关于老曼尼的一切似乎只能供人们谈两三句，因而笑话和别人的趣事自然会冒出头来。我们呵呵笑着，间或惊讶于谁在荒郊的墓地里睡过几夜，谁在十岁前就有了成色十足的性经验，谁又计划早晚吞下一条活蛇。

说笑间，我突然很想把老曼尼和丽莎的事讲出来。这是一种莫名其妙的冲动，但鉴于老曼尼从没对别人透露过半句，我忍住了。我回到自己的房间，取出一封还没有封好的信。这是我那晚在老曼尼的身体旁发现的，是一封简短而耐人寻味的书信。我没弄懂信文的含义，所以擅自留了下来。我喜欢收藏自己不懂的东西，以免它们被别人先弄懂。

我展开那张信纸再次过目，上面只写着：

> 亲爱的马克瓦拉兄弟，我很伤心地告诉你们，丽莎丢了。我现在感觉不太好。我想再要一只，要大点儿的，别担心太多，时间可能不多了。价钱不是问题，请帮我！

署名是曼尼·库珀，他生前我一直说不准他的姓。信封上的地址没有写好，看得出信是要寄到博茨瓦纳去的，但具体地址的条目被勾划过，又没有补全。估计老曼尼在写这封信时身体已经很难受了，而记性更让他懊恼。

参加葬礼那天，我已经收拾好了行装。律师说，老曼尼早就把房子还有一条不见踪影的"丽莎"留给了他前妻，我没有指望新主人会让我以同样的租金住下去。而且我不太喜欢这个没见过面的女人。不过当我在葬礼上见到她时，我忽然明白了很多事。她确实很漂亮，比照片上神色凌厉，她的蓝眼睛似乎不会注视凡尘间的任何东西。她剃光了所有的头发，这让她显得脑袋略小，并相当高挑。她刚刚现身时，我大胆地盯着她和她的同伴看，并不担心失礼，因为在场的所有人都在望她们。她的同伴是另一个光头女性，穿着硬朗的黑色皮夹克。她们青色的头皮上分别文着两个字母，合在一起是那个粗野的脏词。只有那位前妻眼角的皱纹能表明她们老少不一。

哈维说，这对女人是一本猎奇刊物的摄影与撰稿记者，他表示愿意让她们拍摄自己那几匹马特训过的交欢场面，可这两个不识货的家伙像没听见他说话似的。至于刊物名称，哈维说好像叫作《探查者》，我纠正他说，应该是《探寻者》。

在老曼尼直挺挺的身体旁，几个邻居作为相识者给出了最后的赠言。发言者们悉数提起了老曼尼的成熟与平静，似乎这些真的是某种美德。做图书馆员的曼尼是这样，来到莫塔镇的老曼尼依然如此。有人甚至巧言说，他就像一滴纯净的水，优雅地沉入了灵魂之湖。我听着这些故意放慢节奏的话，心里想到的是丽莎的斑点、利齿、通亮的夜眼和放肆的尖笑，还有老曼尼案头那些色彩鲜明的书刊。我为他读过的只是很少一部分，但他对每一段都听得很认真。看着他的棺木，我回忆起我读过一段关于"神鸟葬"民俗的记载，其中的土著民族会把去世族人的尸体置于鹰、鹫来往的高地，再动手对尸体的皮肤和骨骼加以剖割使鲜肉绽露，以鼓励那些食腐猛禽吃掉死者的皮肉和脏器，并视完成此举为圣美。

"那么，尸体还是要由一群人来摆弄一番是吧。那些大鸟能吃掉人的骨头吗？"老曼尼听到这段时问我。我接着读了下去，还给他看了书中白骨扎眼的照片。神鸟葬者的骨头要由旁人来另做处理。记得老曼尼看过照片后欣慰地笑了，他抚摸着丽莎的鬃毛说，丽莎再稍稍长大些，就可以独自把骨头吃得一干二净。他的笑容如此诡谲。当时我心不在焉，但在葬礼上，在老曼尼的遗体旁，我仿佛开悟了一切，连那颗出自丽莎的白色球块也浮现在眼前。猜想有时令人呼吸粗重，我沉浸在这样的猜测之中，同时暗自欣赏着可能藏在老曼尼心里的主意。不知他是在一生里何等的沮丧压抑中，决定做一件令人刮目相看的事，并以此收尾平淡人生的，反正，我和哈维毁了他设想的惊世之举，也毁了他对这个世界和他所在乎的人的别致告别。

老曼尼的前妻上前发言了，她谈吐随意，不时轻轻晃着光头，与横陈的被穿戴得笔挺的前夫的确犹如出自不同世界。我边听边摸着怀里老曼尼写给博茨瓦纳朋友的那封信，心情低落。这个光头女人对老曼尼的评价，居然与旁人的如出一辙，除了那一丝讥讽。

"……一个一生规矩而可靠的人，尽管有点过于可靠。"她说。

她提到了老曼尼给她的电话留言，在离婚多年之后他告诉她，他正在预备做一件能让她惊喜的事，他要送给她一份礼物。但她显然认为这是陈腐的婚姻感情的延续，而惊喜和礼物只是指房产的遗赠。遗嘱中的丽莎完全被忽略了。

在葬礼随时可能结束之际，我像是受到了不明的鼓动，边起身边迈开脚步，走到还没有说完的光头女人旁边，在众目睽睽下高声开腔。我的声音压过了她的结尾句。

"我相信你们都喜欢老曼尼，但我才是最近十几个月和他住在一起的人，今天我最应该当着全镇人和他本人的面说上几句。"我走到棺木边，心里明白不能说破一个已被破坏的构想。我拍了拍棺壁说："你们知道，这种机会不多了，我是说我和他都要走了，去不同的地方。因而现在我可以坦白地说，你们根本不了解这个叫曼尼……曼尼什么的家伙。他很少和你们相处，是因为他的生活见不得人。太疯狂了，即使他不出事我也住不下去了——他有很多使人战栗的想法，尤其热衷于那种狗屁的尸体超度主义，其实简直是肆虐动物尸体成瘾！他像集邮一样收集各式各样生灵的死尸，用不同的方法凌辱它们甚至张开嘴撕咬它们，也许现在院子里还有肢解的痕迹呢。他那么娇惯他的小狗丽莎，可它一死他就下手了，干得毫不手软……他是一个不折不扣的老变态！我默默承受了太久，不得不在他入土之前揭穿他。别像傻瓜一样被他的表面骗了！"

我用尽了脑子里的所有措辞，然后满意地看见面前所有人，包括那个光头前妻，都惊讶得张大嘴巴，只有躺在棺材里的老曼尼脸上隐约露出聊受安慰的微笑。这是我在莫塔镇做出的唯一一件像样的事。

波 函 数

波　　　函　　　数

我开车撞过一个小孩,那种震荡在心里回旋了很久。

其实所有问题都可以迎刃而解,但人必须活到那个境界。我是在中年中段、在第二次婚姻里才做到的。之前我和多数人一样,只混迹于经典物理学的世界。

根据我当时的印象,那是个很幼小的孩子,虽然肢体动作很快,但跑的姿态很怪异。或许我当时因为这个有点走神。但我已经足够年长成熟,知道撞了人抱怨什么太怪异都不能推掉责任,所以我定了定神然后猛踩下油门,疾速钻进前方的时空中。

反正让人焦虑的又不止一件事。随着眼角皱纹暗暗延展,问题会不停衍生。即便在室内栖坐,你也可能会惊怕于周围人瞥来的一个敌意颇深的眼神,思虑某种可憎局面的前因后果。一场病后,我开始莫名地时而吐血,起初是猛地吐出一口,后来常常有血从嘴角淌出来,在喉咙里留下浓郁的腥味。不过很快我就习惯了那种腥味,并随身准备了足够的纸巾。我已经悟透化解之道了。

我步入这种境界,是在去年春天,发现自己在单位搞出麻烦之后。那次是社科院近年少有的出省旅行,当然也是假以考察调研之名。到达上海后的第二天晚上,我们分头逛街吃饭,我喝多了,次日醒在一家小旅馆晦暗的房间里。我回想起的第一个画面就是自己从一个女人的身体上滚落下来,或者被那女人推搡下来,然后我记起事前借着酒劲把同行的女同事拥进小旅馆的情形。

很多人知道那女同事是分管我们研究所的卢副院长的情人。

旅行结束后,所长恼火地批评我们中有人在南方时心术不正,给所里抹了黑。有两个年轻人以为说的是他们去歌厅的事,但我记得自己脸面滚热,不敢抬起眼皮。那时我还是凡夫俗子，而且把人事关系正式调进来的事还等着卢副院长帮忙。

其实我哪是那么风流的人，比起大我十多岁的卢副院长，我做人呆板沉闷。他当然不会想到我敢动他的人。可是没办法，那是在喝了一肚子黄酒之后、在身边有女同事的夜里，更是在我现任妻子不久前出轨的城市。

要翻看的话，婚姻总有一张阴秽的底牌。我和前妻栾欣在婚内没人出轨，也许是因为关系维系得不够长久。分手前夕我没有对别人隐瞒为什么我受不了她而我们又怎么迟迟没有孩子，她就不顾为师斯文，把离婚的场面闹得很难看。"别人"也仅指学校里几个恰好说起婚育的前同事，加上我曾教的两个有心聆听的班级。好，就算是我和她一起闹的吧。离婚后，系里有些人眼风恶毒，我跟他们翻了脸，不想继续在校任教了。我先推了学校的课，娶了李瑾，然后急着生了儿子，迎来了一段从谷底攀上峰顶的好日子。栾欣去了新西兰，也该会听说这些。

我知道春风得意很难长久，但没想到会跌回谷底。调进社科院的事莫名搁置境地尴尬，出访留学迟迟没有眉目，本来帮得上忙的故友露出了冰凉的脸孔。然后自称从没去过上海的李瑾,到上海幽会了情人,居然还把两人之间纠葛的马脚带回到我眼前。难道我没理由找个晚上喝倒自己、解开裤带吗?

犯蠢的是随后我干的事——我向那个女同事求证了在上海的那一夜凌乱。我记得当天在街上吃喝过后下起了雨,三五个同事散开来回住处,我醉中被她搀扶着落在后面。我记得我们俩腿脚磕绊着进了沿路的小旅馆,可我并不能记清在床上的人就是她。或许她只是不想让我醉卧雨夜街头才把我就近塞进一个房间,她走后是我自己随便叫了个女的。可是回来后不久有一天下班时下雨,她搭我的车,我咽了几次口水后竟开口问了她。都是因为我太想坐实真相了。

"果然……"听了我磕磕巴巴的问话后,她扭开脸。

"什么?"我问。天色阴沉,雨点声紧密,我怕听不清她的回答。

她重新在后视镜里捉到我的目光:"你是不是想说你喝醉了,什么都不记得了?你觉得我这种女人只要这样对付就行了对吧?"

"……我问问而已。那天我的状况你也看见了。"

"我要你为我做什么了吗?"

然后冷场持续得久了一点，车正钻过一个挺长的桥洞。"还是你怕我会做出什么？"她冷笑，再开口时竟然滑出了哭腔，"停车！"

她在近前的路口下了车，我瘫坐在安全带里，看不清她有没有当即淋透，只感到雨势恶劣。压抑感的涌动和进出桥洞的光影变化使我突然明白了自己错在哪里。我庆幸自己在感知上有这样的运气，并为之起了久久不褪的鸡皮疙瘩。

我不该求证过往，不该求取什么真相。回忆中很多例证告诉我，如果我不做这种蠢事，真相就不会归于糟糕，而将保持面目含混形态模棱，叠加其间的可能性会如苞芽分生，暗自并存为好坏两瓣甚至更多。就像奥地利人那只命数诡谲的猫，如果没人打开盒子探看，它在里面本会永远半生半死或者说既死又活。盒子一开，生与死才被迫做出了断。即便有人会去开盒揭晓也不该是我，我深知自己不配让模棱两可坍缩为尽善尽美，我触摸到的只会是冰凉的死猫。曾经我执意探听栾欣身体里的生机搏动，伏耳贴上的却是包藏死寂的肚皮。而我打开铁皮罐头倒会看见蛆虫踊跃。

回想起来，我父亲当年消失，正是因为在这方面的不智。我记得当年他就是我现在的年纪，那天骑自行车载着我远行，半路上突然说他累了，要折返回家"看看"。我不明白累了为什么不是回家歇歇，而是回家看看。到了家门口，他让我等在那里，自己走进家门，触发了里面几声短促的喊叫。随后一个家就被他看没了，包括他自己。轮到我，在上海的表亲打电话来，问我有件关于李瑾的事该不该说时，我也还蒙昧，让她说了下去。好在不算太久之后我就懂了怎么躲过不堪经受的击打。太多现状本不该是唯一的事实，就像罐头里本可能永远是粉嫩的午餐肉。

当时我开口问那个女同事之前，她毫无异常，既没有回避我也没有对我说过任何多余的话。卢副院长也是一样。我们同事之间下雨天搭个顺风车也属寻常。也就是说量子物理的叠加态本来保存完好，在上海我既睡过她，又没睡过她。世界不囿于庸常所见，两种都是真相，像两缕永久纠缠的烟云一样悬浮在历史混沌中。可我发问过后，她请了长假养病，据说和卢副院长分手了。有人说见她来过一次，还听到她在卢副院长办公室嘶吼了一声。

是上海之夜的后果吗？疑问浮现在脑袋里，我愣怔片刻便拼命晃头把它驱散，我不会重蹈覆辙再犯错误。我不会打探卢副院长知情几多，也不会再问他我调入的进程。这样在他记恨我、正要封冻我职业前程的同时，在另一瓣事实里他也是我的贵人，并不知道我做过的事或者很感谢我那么做过给了他脱离某种关系的借口，而我调转的事已经一切就绪，只是需要持久一些的耐心等候。

所以那天在郊区路上出现在我车前的那个小孩应该感谢我，我如此开悟，没有回返查看现场，也没有看过后几天的本地新闻，令他在被碾入车轮的同时也躲过一劫，以他怪异的姿势跑回家，扑入不怎么照看他的家长的怀抱。

果然一直没有人找上门问罪。像我留心的诸多事件一样，这再次说明悬置的双重真相不会惩罚我。不去触碰相异的事实，任它们分瓣各自存在，我分明可以安然无恙，甚至继续享受好的一瓣。

"这么说如果消化道或者肺有病变，你们这种体检店还真能查出来咯？"单位集体体检时我和前台护士聊天。听她们很自豪地说那些排查设备有多好，诊出的病原本有多可怕后，我点点头，悄然离开了候检人群，出去徜徉街头。

想来自从谙熟此道，我眼里世界的显影就不同了，我对自己更宽容，也开始更温柔地对待李瑾，陪儿子的时间自然也多了。父子关系本来就该倍加珍视，假如岳老师还在世也会这样说。好的一瓣事实会让卢副院长帮助我在社科院有所作为，我早晚会带着足够的资历作为访问学者去美国。我会先把何曾带过去，让他趁小融入美国文化，新鲜的东西那么多，他很快就会忘了李瑾鼓吹的钢琴，会更亲近我而不是她。我在美国生活得会比栾欣在新西兰好得多，我有家人有事业，也会有美国某地的口音，和正常的四季顺序。

总之这一年多一切都不再生硬冷厉。晚上入睡虽然有些困难，但我把多年前读过的关于量子力学的书拿到了床头，肃清杂念字字默读。此前很长一段时间我读不进任何东西，几乎失去了阅读的能力。不是谁都能得到这种救赎，去深邃地重新审视事情。

测量难免自取其辱，变数本可搭救一切。在李瑾出轨的事上，明明叠加着另一个一点也不恶心的事实——她去上海的确只是公出，没做过那种脏事。即使在那之前我狠狠地跟她吵了一架，她对我也没有多失望。她没放弃过做个好妻子的信念，只是在外滩被我那个多事传舌的表亲看见之前五分钟，刚好也偶遇了她那个扎辫子的旧相识。毕竟所有逛上海的人都在外滩。人流太嘈杂，以至于她和他的寒暄不得不很大声，有点像是姘头间的争执。至于她回来后还没完全消褪的腮后淤青，也不是来自扭打，而真的是大巴颠簸所致。在这一瓣事实里，那个表亲就是想无事生非，其生动描绘多属臆想和夸张。

其他人的事则更容易类推，这让我不再厌恶回顾某些问题。友谊冷却流失，同时也完好地存续。我等在北京时，回国的师兄梁鉴不是有意怠慢我，只是经停短暂，他又要陪课题组里的美国人，或者干脆就是因为他不善于计算时差算错了相约的日子。后来我寄给他的礼品也不是被拒收退回的，都是物流或者海关的问题。那些许久未见的同窗也没有鄙视我，大家都太忙了，或者不想与我聊起婚姻失败事业变迁和那些闲言碎语。胡南庆更没有与我决裂，他是说过要给我出书，但出版学术作品毕竟难凭编辑个人意愿，当初他把话说得太满，在能兑现诺言之前当然不好意思联络我……

如果这些成立，其中便隐含着另一个推论。第一次想到这一点时我不禁打了个冷战——在至少一种事实里我不是他们眼里的混蛋，岳老师并没有因我而折寿，我也没有在恩师临终前辜负他。虽然我没有送他离世、没有在葬礼上见他最后一面，但那些重情重义的同学和校友还都没有认定我丢了良心，因为岳老师并没有死！

太通顺了。既然他的癌肿恶化后我一直没去到他身边，没看过他的遗容也没敢探听任何关于他的消息，那么他去世与否的双重事实自然没有坍缩为死亡。既然盒子里毒药旁的猫可辨生机，家宅里病床上的岳老师自然也可以。一瓣事实让他没有油尽灯枯、骷髅似的被付之一炬，而是像某些幸运的绝症病人一样神奇存活，甚至还有其音容笑貌，还有神采犹存的两眼，只是满头华发不复茂密，这反而使他的脸颊显得更加饱满。或许他没兴趣继续著书立说，但他还是本省的学术台柱和全国的专业权威之一，他还可以享受桃李成荫的美誉，也会时而翻看他跟历届得意门生的合影，从而常常见到我在校时的书虫模样。

刚想通的那个晚上我从坐处站起来，犹疑着走到北窗，然后手掌重重地撑住窗台，瞪大眼睛望向母校的方向。窗玻璃里出现了另一个鼻翼翕动的我。很久后我的呼吸才平顺下来、肢体才柔软开来，脸上定然升起薄薄的宽慰笑容。

这么说我的开悟不仅让我眼前变得明媚，也让我得以接受自己从前的行径——岳老师是我的导师，引我攀上了个人学业的高峰。入学时我没觉得自己配得上做他的学生，但他读过我些许文字后破例主动找了我。这件事一度被全校上下谈论，让胡南庆他们津津乐道。岳老师一生没有子女，待我却像慈父。可无论我吃了岳老师家多少饭菜，读了他书房多少书，我毕竟只是他的学生。离婚前我便跟岳老师断了联系。岳老师是栾欣的舅舅，也是撮合我们的人。当初他不曾想到我们的婚姻会闹成那样。

那两年我愤懑饱胀。栾欣吵架最常用的开篇就是"我舅舅真是看错了你"。那时我还没什么可悔愧的，可我为人的所缺所短永远是她眼里的全部。我也很快学会了那样看待她。有一次在路上她赶我下车，车没停稳我就闯出车门，趔趄几步后不停朝前走，完全不理会那些交通灯，搞乱了好几个路口，满耳是恼怒的车喇叭声。我走上快速干道桥，直愣愣地横穿路面，不知道自己当天是怎么保全肢体的。从那时起我便明白我有多需要发泄，哪怕是对自己发泄也好。

岳老师起初从不介入我们之间的事，但我知道他很关心栾欣。栾欣怀孕一度平息了我们之间的争吵，后来的胎停则引爆了新仇旧恨。她怪我没有照顾好她，我说是她不配做母亲。医院判断是染色体问题，畸胎必然不能正常发育，而且再育也不乐观。我们傻呆呆地消化这消息时是我们之间最安静的一段时间，再吵时她以为我知道什么，就说漏了嘴——她父母本来另有过两个孩子，都是在怀孕时胎死腹中的。多巧！之后她即使还能对我冷言冷语，却再也无法朝我瞪眼。

我第一次对她动手，就是在她引产后不久。然后岳老师第一次打电话找我说家庭问题。也许他想分别从栾欣和我两个人的立场谈论问题，但他选错了顺序，先说了栾欣如何对我如何错，这给了我开口攻击他的借口……我当时头脑滚热，也许我记错了，他先说的是我如何对栾欣如何错，但谁都明白这样我错她对的说辞就会紧邻结论。总之我把满腹恶语第一次喷向了岳老师。

"你想说看错我了是吧？看看自己吧！你们家人都是绝后的命，还他妈成心连累别人！"我最后吼出这句话后，听筒里空余几声呼吸，然后电话挂断了。这时岳老师已经病了，刚刚被两次手术消耗过。之后我就没去见过他，也没通过电话，只是几天后系里说岳老师的情况又恶化了，问我细情。我没回答他们。

我说的那些话常常回响在两耳之间，让自己寒战，算是栾欣一语成谶。

再婚后,有一次和李瑾从岳老师家附近经过,我突然很想去看望他。我讲起学校里的岳老师,仍然因为他和我的关系而难掩得意。但李瑾读书不多,对师生感情感到费解。想到了栾欣的事,我也没了登门的念头。那时李瑾正在孕期,情绪多变,我虽然不大过问子宫里的动静,却也不想节外生枝。

后来李瑾怎么看不再重要了,但我更难走近岳老师了。年月流失得太快,事情拖得太久,虽然我没听说什么丧讯,可岳老师矍铄时就有丧事全免、只留清誉的心愿。我越来越担心在岳老师家看见他的灵位,担心当场变成一个不义不孝的混账。我手里还有他家的钥匙,他曾经希望我常去看他,希望把他修改平生著述的想法一点点告诉我……

其实那时我何尝不是在拒绝叠加事实的坍缩呢。我让岳老师在命运的一个分支中延年益寿,继续平和宽容。当初的畏缩变成了今时智慧的先兆。

人没有理由不流连自己的睿智。现在我不仅要认可这种睿智,还要用心委身其中,为之付诸行动、规避错误。在这座城市里我不会再动走近岳老师家的念头，也会绕开母校，以避免偶然耳闻目睹某些片面的真实，有时这让我行迹略显扭曲。一次我和李瑾带何曾去郊游，在北部大学城附近遇到了堵车，刚好被堵在学校门口附近。我的头皮和脖子很快渗出了冷汗。李瑾搂着何曾坐在车后排，完全不明就里，以为我会凭进校证件穿越校园，避开车流到达目的地。对他们母子俩的再三请求和后来的气恼吵闹我默不作声，只顾掩着车窗那面的额头，甘愿陷入几乎不能蠕动的无尽车龙。

要想真的避免面对疼痛和阴冷，我必须明确地为自己划出禁区，不只是在地图上。而且我渐渐明白这不是一项一劳永逸的工作，需要处处增订、时时自律。比如我不会再去体检，也要戒断任何情形下的就医就诊，这将让我永远是个身体并无大碍的中年男人，头疼脑热之外，只不过有时会吐几口血、睡不着觉罢了。

我不再去测验与任何人的关系。上班时走进电梯看见卢副院长或者其他领导，我会点头问好，但如果他们没有明确的回应，我不会继续开口。他们很可能在专心盘算着什么，或者已经用鼻息哼了一下，只是声音轻微被噪音掩蔽，没传进我耳朵里。一旦我再次开腔攀谈，便是在确认他们究竟怎么看我又在怎么对我。现在我不会受悬念左右，不必索求排他性的事实。在这种境界中，我反而能听到他们哼出单音的多次回音，甚至像能某些爬虫一样感觉到那一次鼻息在电梯里留下的气流波纹，虽然隐约但足可宽慰。

我不再想见任何同学或者校友。互不来往，这在当初哭鼻子的毕业日是不可想象的。当天的胡南庆绝不允许我们这群同学变成那样。那天同学们一个个在文科楼东山密布的爬藤下留影然后陆续离校，我去岳老师家取他赠我的书，回到宿舍后发现胡南庆还留在那里等我，这家伙说过他要最后一个走。我的行囊不多，可他一定要帮我分两次运输。我知道不忍离散的感觉。不过现在我下定了决心，反正这几年我都没等到谁的联络。我在通信录里把他们一一删除，下手时想到当初，还突然变得心慈手软多愁善感，但我会独自欣赏自己的良苦用心。我为大家留了一个时空，在其中我们只是因为忙碌而疏于联络，谁也没伤害谁，谁也没让谁心灰意冷。

和李瑾相处，我对自己的要求更高一些，却也更容易转化为习惯。比如她的手机在床头或者沙发扶手响起来时，我会扭开脸，不看多余的来电归属地显示。对方在她的工作单位也好，上海也好伊斯坦布尔也好，我都不要知道。晚间暗处那方寸屏幕会亮得突然而扎眼，我便以神经反射的速度转头。转变方向对我来说越来越娴熟，最利落的是那次在路上看见左边一辆外地车的副驾驶位子上似乎坐着李瑾，我让车迅速连连变道，拐进一条狭长的小巷，然后长长吁气。假如两辆车并排被红灯拦下，连邻车里的笑声都会传进耳朵。

我会独自绕开所有陷阱，不准备与谁分享世界的玄机。

近来天气不好，雾霾频仍，空气里有一种让人不舒服的气味儿。也可能是我的感官越来越敏锐了。李瑾单位组织了一次华中旅游，她带上儿子去了。我没问她在那边的行程，自己在家休了几天病假。这期间有个学术论坛活动，社科院邀请了一些高校院系。我见了活动安排，但没去看参与单位的名单。

上一次请病假是在据说那个女同事会来单位交病历的那一周。

几天里我多半仰躺在床上，读我新近订的几本科普杂志，如果喉咙里涌出腥血，这个姿势是最方便吞咽的。我读到物理学界取得了一些令人惊艳的研究成果，相对论果真失去了它原本稳固的地位，量子理论在新的实验中压倒了隐变量理论，"违反直觉"不再是科学界拒绝相信什么的尚佳理由。我也终于独自一人，在淋浴时畅快地自慰了几次。倾泻掉那点欲求，李瑾回来后我就不必再爬上她身体，目击她是热情还是敷衍，欢喜还是厌恶，睁眼还是闭眼。

谁知病假结束，到该上班那天我却真的病了。休假没带来好一些的睡眠，我做了些怪梦。上班那天凌晨我梦到自己躺在一个圆筒里做核磁共振检查，我想爬出来，却听到外面几个医生说话，一个医生用李瑾的声音问镇静剂是否足量，另两个医生则用梁鉴和栾欣的声音回答足够了，会睡很久。听后我却仍然能左翻右滚，浑噩中把被褥枕头滚得横七竖八。

我发烧了，又莫名地想身边有人。出门开动了车，才发觉看不清前面的路，不知道是车窗内外有雾气还是我视线模糊。我伸手抹擦车窗，在玻璃上擦出一抹巴掌宽的清亮，正要看得远一些时突然一惊，猛踩下刹车。随后压制下朝外张望的本能反应，我咬着牙加速行驶离开——我想我看见一个小孩在车近前跌绊踉跄，姿态怪异却似曾相识。

纵使早已开悟，我还是出了一身冷汗。一路上身后似乎总有声音在冷冷地说那个孩子：遗传的问题，根本不能正常发育……

到了办公室,人人都说我脸色差,一定是病还没好。

李瑾和何曾回来后却都情绪昂扬,吃饭时两人竟然在讨论去琴行选钢琴的事,像没我的事一样。买琴学琴是被我否决过多次的提议。如果说小孩子要这要那是心血来潮,教琴的老师极力怂恿是利益所驱的话,李瑾仰着脸帮腔就像是存心和我作对了。我哼唱最熟的老歌也像在创作新曲,凭我的音乐天赋,我儿子玩什么钢琴,所能成就的只是让我变得更寒酸。况且李瑾的薪水比我现在半失业状态下的还可怜,多数时候她所谓的底薪就是她的实际收入。

"你是在说买琴吗?"我问李瑾。

她边往何曾嘴里塞菜边点点头。

火气上来了,我直击要害:"那好,这笔钱你自己去赚!"

何曾嘴里含着饭菜,示威似的对我喊:"妈、妈、有、钱、了!"

"哦,"李瑾说,"忘了告诉你,回来前有一笔业绩提成到账了,不少,足够了。"

我定立片刻,拧身走进里屋,摔响了门。这一套动作是我准备在听到为人父亲的养育责任那一套陈腐指责后做出的反应，没浪费，全用上了。

我没开灯，但没法不听见何曾对所到旅游地点喊叫级的评论，杭州怎么样、嘉兴怎么样、苏州怎么样、周庄怎么样……像在追捕一只飞去长江口的鸟。我连忙找了个能播放出声音的东西，塞上耳塞闭紧两眼躺倒，让那些我从来不能整句跟唱的陈年旧调在耳孔里无限重复。

也许尘世嫉恨有人超尘拔俗，蓄意出手推搡，我的睡眠越来越少，也开始容易犯错误。我没想到自己会在办公室搞出那么大的动静，至于发作的理由我没法对旁人说明白——有一本寄给我的书，寄到了。

这本书是岳老师和学生们的著述，是在我毕业不久后出版的。封面上自然是岳老师的名字和一个"等"字，扉页署名处有多个作者，包括岳老师的几名研究生，有梁鉴也有当时还在校的学弟。我的名字紧随岳老师的排在扉页首行，前言里写明书中有近三成的内容来自我的论文。这个比重和这种说明是岳老师的意思。他知道这会对我起什么作用，我想他事前也早就知道这本书会拿到那几个学术著作奖项。

刚见到这本书时，我觉得它该是我毕业后学术生涯攀升的第一阶，但没想到它成了滑坡前的最高点。虽然如此，它还是时而带给我一些收获和欣慰。脱离了教职后，这本书是社科院欢迎我去兼职并许诺我日后调入的理由。当时卢副院长没明说，但交谈时这一点表现得很明显。那个女同事在上海陪我醉酒时也说读过这本书很多遍。我知道它不算尽善尽美，后来岳老师想对书中很多观点或者表述做深度修改，这是他宏大修改计划的一部分，但栾欣引产后我不再关心这些。

寄来的这本书是在大约半年前被放进我的邮箱的。当时我伸进去的手摸到了那个牛皮纸信封，瞥进去的一眼看到了信封上那家外省出版社的名号。它惊吓了我。我已经开悟，深知这个信封内外携载的信息是我不该得到的。当年出书的同期，胡南庆经岳老师热心推荐，去了那家出版社工作。在邮箱前我缩回了手，把它留在逼仄铁壁里度过了两个季节。我只是忽略了单位每个邮箱的钥匙就留在锁眼上。

据我们办公室新来的实习生含泪解释，那天她替所有"老师"取了信件报刊，在走廊里遇着我时还告诉我有信，但我垂着眼没理她。取回的邮件都放在茶几上，不知哪个不拘小节的同事看出那是本书，竟然撕开了信封，抽出看了一眼才扔到我桌子上。因而我来到座位时，无可避免地看见了书体裸露，还顺手翻了翻，然后认出了旁边的信封。

"谁动的？"意识到发生了什么之后，我呆愣几秒，开始大发雷霆，"谁取回来的，谁撕开的？"

由于厌恶自己和栾欣在学校闹出的难堪，我在社科院极力保持斯文温和，尤其是去年春天以来，有人甚至说我过于谦卑，所以这次我长达几分钟的发作吓傻了所有在场的人。实习生还没解释完就哭了出来。一众肉眼凡胎，看不懂他们自己做了什么。

信件的确来自胡南庆的出版社，但信封上没有他的字迹，我的姓名和邮址是粘贴的打印字条，寄信人地址处也没有他练得最好的那个繁体的"庆"字。这完全不像他对待我的方式，我已经开始心跳沉重了。书呢，应该是重印版的样书，看上去色彩重了些。封面上岳老师的名字令我眨眼，可我还是看清了那三个字没有方框示亡号，背面他的简介里也没标注他的生卒年份。我有点眩晕——这是否能说明岳老师在半年前还活在世上呢？

内容呢，有什么修改吗？我掀开几页，看到了一篇新的前言。如果只是重印，何必重置前言呢？有什么值得说明吗，有谁需要纪念吗……我感到烟云正在灌进我的七窍，事物在其不同形态间变幻样貌，又似乎即将定型。我头脑混乱，竟在信封中摸出一张折起的信纸，上面有手写字迹，有几个字是字面意义上的力透纸背，快要被我的手指摸出笔画了。会有那个"庆"字吗，即便有，所洋溢的也不会是那种热诚了吧？对诸多猜测的知觉让我一怔，啪地大力按合书页——我在干什么呢！

周围惊魂甫定的同事又都抬眼看我，然后迅速收回目光。这些人就像故事里某些可鄙的角色，终究弄不清楚自己搞出的混乱，却在无知中毁了智者的修行、圣贤的道行。

窗风吹动我手里的信纸，展开它只需滑动手指，不费吹灰之力。

过了一会儿，他们闻到了焚烧的气味，然后看见火苗在我手里壮大蹿腾。那张信纸只需少顷就会灰飞烟灭，只是屋里的防火报警器过于紧张，迫不及待地尖叫起来……

几近燃尽我还没松手，一点纸灰飞进了我鼻孔。

不久后的一天，我又瞥见了那本书模糊未辨的新前言，不过我想是在梦里。我还梦见手指摸着那张信纸的感觉，然后梦见自己在防火报警器的鸣响中从楼梯下楼，脑子里嗡嗡响。最不该梦到的是卢副院长。在梦里我没有绕开禁区，听到身后有脚步声时我未假思索就回头看了一眼，扫视到了他的身形，随后我悔恨顿生。楼梯本来空荡，如果我不回头望，那个人就可能是任何一个步履沉重的家伙，而不会变成卢副院长。我低下头，希望补救为时未晚。不听到他说关于我的话，才可能把他留在友好状态，让他没听说我在办公室的吼叫，也没听见报警笛声；让他对我未生嫌弃、怀疑和厌恶，仍然容得下我；让他和楼里所有人继续把我看作名师高徒，而不是忘恩负义的才尽江郎……无奈想着想着变数又生：不去审定那张面孔属于他，又怎么能确定身后的人不是胡南庆、岳老师，一个拉着李瑾的男人甚至一个陌生的小孩呢？我不知道该加快还是停下脚步，没力气跑也没力气制动。所有这些会幻化出什么局面，都取决于身后的人是否能追上来、会开口说些什么。

我思考得太多了，以致没有想到要去维护这个梦。卢副院长喊了我的名字，然后我崴疼了脚。就像掐咬自己能测知是否身处梦境一样，踝部的锐痛使亦真亦幻瞬间只剩真实。我回到现实,意识到这就是我在办公室点火的下一个坐班日,自己在走廊角落抽了一下午烟。要是还想自救,我只能拖着伤脚跑下楼梯。

"何老师!"卢副院长坚持喊住我,用了一种对我极不常用的称呼。我自作自受。

"你怎么了?"他问,"——这是你的血吗?"

我停下来,看见衣襟红了一片,嘴里也觉出了血腥味。回头看走过的楼梯,上面有连串的血迹尾随着我。

一个漫长节假日尾声的一天,我带儿子玩遍了市里几个像样的公园,还去郊区兜风很久。

"再玩一会儿不行吗?"我几次对何曾说,因为他总是想回家练琴。那架新钢琴当然漂亮,引得几个做家长的邻居进门观赏过。练琴是近来他和李瑾的甜蜜时光,不是我的。我和李瑾刚刚吵了一架。

上午电视里一档读报节目读到市井民生新闻时,他们母子俩就在把那架钢琴搞得当当乱响。新闻里好像有个家伙因为所谓的压抑和疲惫大闹工作单位,主持人夸张地瞪起眼说他把办公室搞得天翻地覆,把同事们吓得人仰马翻,还扬言纵火。我皱皱眉,想听清楚这是个什么样的人、在什么样的单位，至少听清楚这事发生在哪个城市，但钢琴声越来越大，音调越来越高。并不是我觉得新闻里的蠢货是我，可我最好听到与我和社科院不相符的信息，那样我才可以放心讥笑。李瑾从来都不能意会我需要什么。

"别敲了！"我甩出一本书，砸到钢琴上，吓了他们俩一跳。然后李瑾发作了。我没想到她一张口竟喊出那么多话，说我就不该当爸爸，也根本不算个男人："醉生梦死的还有脸自命不凡，你能比得上谁？"她说曾经相信我会搞出点什么名堂，是她瞎了眼，我是个连睡觉都不会的废物。

这让本来准备对骂的我打了个冷战。我发现了自己的变化，对模棱两可的东西我开始轻率地去探知了，比如我想听清楚那则新闻，这很可怕。我想知道她说的"睡觉"是什么意思。我失眠，辗转反侧她一定知道，半梦半醒时的惊叫哭泣也少不了，因为我时常在那种状态下去观望另一瓣事实。但她同样可能粗鄙到另有所指，我已经很久没在床上碰过她了。从不想知道她对我的态度，到不想知道男性功能有没有荒废，我想过很多。我知道身心操劳危害性事，更知道对危害的忌惮将形成更深的危害，并引发更深的忌惮。虽然洁身自好最能把从前交欢时我那还过得去的激情、那种尚且能冲能撞的形象收叠安放，但李瑾显然并不以为然。

她当着孩子的面说了太多了。我伸出食指僵直地指着她时，她还没发泄完。

"怎么，不承认还是不服气？"她涨红着脸说。

我朝她指点几次，没说出话，然后一把抱起何曾出了门。其实我险些当场问出来的是，我比不上的人到底是谁！可我比我父亲当年成熟得多。

何曾被我扔进车里时腿磕在车门上，疼得咧嘴。我问他想去哪儿，但没理会他的回答就把车开远了。浪荡整日，现在天黑了，手机响过很多次。我把车开得时快时慢，虽然还没决定要再去哪里，却几次感觉迷了路。走上一条比较熟悉的路，却遇到占道施工，我随前面的车折回，刚刚提起速度，就觉得前窗右侧影子一闪，心里的那种震荡又出现了。

我停住车，伏在方向盘上，想让自己尽快恢复驾驶状态。这时我听见身边喉咙出气的声音变成了嘤嘤的哭声——何曾哭了。

"你怎么了？"我出了第二次冷汗，"你有感觉？"

何曾哭着指着前窗右边。我回想了刚才的瞬间，那个很幼小的孩子，撞上我的车时正怪异地跑动……我把脸埋进掌心，重重地喘气，所有人又都在眼前出现了：从前的岳老师、今天的李瑾、办公楼里的同事、远方的胡南庆……

"下车！"我猛地直起身下了车，拉出何曾从车的右侧往回走。十几米外果真有一具小小的身体样的东西伏在地面上，我咬紧牙关睁着眼睛走过去，如同为求出离浓烟要凛然迈出崖洞一样。

是一条狗。白色的短毛品种，应该值几个钱，但身上脏兮兮的。血迹装饰了它，车好像碾压了它头颅的一侧，它的一颗眼球挂在了嘴边。

"看见了吧？"我不禁笑了出来，指着它欣然告诉何曾，"就是一条狗！"

何曾以刚才几十倍的音量放声大哭起来。

这么多年后，在夜晚的潮气中，我还是在刚刚接近那栋房子时就闻到了岳老师家的气息。这里仍然是城市里相对僻静的地带，正合岳老师向来的心意。在远处灯火和城市空中不明嗡鸣的映衬下，没人的房子显得阴冷静谧。与我细密的颤抖相比，岳老师家又显得格外安稳雍容。

刚才回到车上,我没容自己犹豫就把车开向了这里。禁区忽然间变成了我的出路。

"你们去过上海吗?"路上我问何曾,像问另一个中年人。

何曾脸上还挂着眼泪,问我上海是什么。

我转了几个弯,发现自己还是很熟悉这条路,周遭的景物冲刷过来,越来越让我敏于识别。后来这种敏感到了使感官微微疼痛的地步。下车前我就开始颤抖了。

一次在这里谈我的论文时,岳老师说了很多,也从他的书架上抽出不少书,翻开来佐证他的想法,但我那次却很固执。想来是被岳老师夸赞多了,我自觉有了固执的资本,结果弄得不欢而散。我走时岳老师板着脸留在书房里。其实出了门我就觉出自己的不对,可我没有回去,只是浇了他院子里的花,然后关好院门离开。几步之后,我听见岳老师喊我。他穿着拖鞋从后面赶了上来,继续劝我修改某些表述,但认真地说他自己刚才太没有为师的风度了。我们俩之间脸更红的居然是岳老师。

何曾不肯下车,好像害怕那栋房子。院门没锁,我踏进去,腿居然也有点软,可还是用力迈步。或许我这种人就该瘫软在地。空中的嗡鸣中似乎有种难辨远近的庞杂响动，像多发的闷雷一般，恐怕那就是坍缩之音。

院子里已经没有任何花草，但门口的一盏灯还能点亮。我勉强稍加振作，对车里的何曾指指光亮，他反而缩头藏在车窗下了。我转身摸了摸入户门把手。钥匙不可能带在身上，它在哪儿我也早就有意遗忘了。脑子里乱流涌动，以致身后的院门作响，也把我惊得全身皮肤紧缩。

我靠着门盯着进院的人影，离近了才看清是一个瘦小的妇女。旁边一栋房子门前的灯这时亮着，她应该是从那里出来的。她用某种混合的口音问我是谁，来找谁。

"找岳老师，我是他……我是他学生。"我又说，"我本来有钥匙的。"

她边开门边说："你是姓何吗？"

我在愣怔中点点头，跟她进了门。

"岳老师早就说起过你。他说你可能会来。"她显然不知道更多，"你之前是不是来过？有时我在那边干活儿，听不到这边的动静。"

我没能作答，也觉得自己不配在这里呼吸。室内景象使我心神垂坠到底。房子果然是空的，寥落已久的样子。她说这片住宅闲置的多，她替旁边一户看家，也顺便照顾岳老师这空宅。

"多好的老人家，没见上几面我就看得出。可惜生了那么重的病。"她摸摸几个盆栽的土，又去喂鱼缸里的两只龟。有一只瞪着我，我认识它们。看上去她很细心，但我不喜欢她说的话，还轮不到她来告诉我什么。

"他在那边肯定也很寂寞……"

"好了好了！"我抵挡重击似的闭起眼扬手打断她，可同时她还是又说出了半句话——"语言又不通……"

然后她才发现我的异样，和随后的急剧变化——我仿佛刚刚完成了一次跳落，张开眼皮走近她："你说什么？什么不通？"

"语言啊……"她被弄愣了，"那边不是说英语吗？"

她从我和鱼缸之间撤身，让我跟她去书房。那扇门开合的细小吱呀声丝毫没变，里面卷册气息依旧浓郁，桌面有两摞书报，书架上挂了几块布帘防尘。她在一本辞海里翻弄着什么。

"我只负责照顾这里的活物，偶尔来打理一下书房。这个给你,开春时寄来的。"她抽出一张明信片,递给我。上面有一家医疗机构在朗日下的照片,背面的寄信地址是新西兰某地区的康复中心,收信地址是这栋房子。寄语处有四个钢笔汉字——

居秋知春。

笔画之间岳老师的笔锋还在。

明信片被紧紧捏在我手里。我咬紧上下颌也缩紧鼻腔,以免发出奇怪的声音。

她顾自说:"这么大年纪出国那么久终归是想家。不过听说那边的医院很厉害,希望他的病好些了。"

然后想必她发觉了身边的颤动,侧目望了我少顷,我捂着两眼深深勾头的样子终于吓到她了。她叮嘱我走时锁好门,自己便乖乖走开。

仰起头并长长地吸气时,涕泪流到脖子上,我的嘴角却高高翘了起来。我抹抹眼睛,设法找准衣兜边沿,慢慢揣好明信片。由此我又想到了什么,在书桌上积累的邮件和报刊里面拨弄翻找一番。我从其间抽出一个眼熟的信封,与寄给我的那个一模一样。拆开它,里面除了那本重印的书之外,果然也有一封手写的信，只是这些字倒写得笨拙而歪扭用劲，全不像出自胡南庆的手。

  岳老师您好，久未联系，都因患病，见谅。自觉离校未久，也尚不年老，没能承受住生活的压力，实在惭愧。听说了您面对病情的豁达乐观，我向您学习，现也已在康复中。我只知道您这个地址，先寄上样书，待到行动自如，一定约上何炷晨和同学们去看望您！

几步走出院子，我把车里的何曾硬拉了出来，一定要让他看看岳爷爷的家。何曾看看我的眼睛和我起伏的胸脯，变听话了。他还没看见我自己在里面两次破涕为笑的怪相呢。进了门他看过那两只乌龟，我又去书房掀开布帘让他看里面的书，告诉他那些书我读过一多半。我知道哪里会有我与岳老师的合影。我们去了另一间屋子，岳老师读写累了会到这里喝茶晒太阳。桌上摆着五六个相框，多数合影是一两个学生站在岳老师所坐椅子的侧后方，梁鉴就是那样站在那里。我和岳老师的合影是并排站在学校一棵树下的。我告诉何曾那就是岳爷爷，那就是我的学校，但他没在看照片，只盯着我。也许对他来说我今天既无聊又奇怪，但他迟早会明白更多。

我竟然还有机会见到岳老师，还可能再跟他说几句话。我当然要那么做，也会找到胡南庆，无论他究竟怎么了，我会告诉他爱惜自己。就像我自己，会真诚地对待妻儿，会像岳老师那样珍视长少情谊，让儿子去做想做的事。

在这晚的空宅里，我闻到了清晨的日光。既然变数的坍缩不那么可怕，我应该还有很多踏实的好日子，该去好好体检一次，我怎么会患上肺癌或者胃癌那么夸张，多半只是身心疲劳免疫力低，鼻咽黏膜反复发炎，破损时出点血而已。其实我背着自己想过很多事，只是忘了局面即使摊明也未必值得慌张。就算某晚在李瑾身体上真的没能挺进，甘心地睡上一夜后，早上也该能油然振作，拉过她一扫疑虑。来年胡南庆和同学们会出现在我眼前，欢聚一堂时李瑾和何曾会欢快地陪在我身边，来见证别人对我处世选择的尊重。席间何曾或许绕着我吵嚷嬉闹，同学们的打趣和举杯祝福则都讲得足够响亮。至于能否调转，可能不再重要了，即便回到学校，我也可以静下心来搞自己的研究，再拿出些会让岳老师点头的东西。等到梁鉴的大学真的邀请我去那边，我再考虑出去也不迟。我们师兄弟迟早在美国相聚，笑谈当年他是怎么误了北京之约放我鸽子的。

"小朋友。"何曾说话了，手指指着一个矮柜上的另一个相框要我看。我不得不醒过神来。我看见了栾欣。

作为照片人物里位居中心的一个，她开唇欢笑，露出右门齿微微斜翘的边缘。她盯着镜头，与我的对视略失矜持。

我竟忘了在这里会见到栾欣。照片的背景是国外的家宅院落。她身边有个晒黑了的白种男人拥揽着她，还有两个混血面孔的孩子。男孩跨在一辆少儿自行车上，比何曾高大些，女孩看似小两岁，挤在栾欣和男人之间。照片里阳光舞动光束，晃了我的眼睛，在我耳朵里搅起鸣响。想起曾在栾欣肚子里那个不知是何形状的孩子，我突然不想直视照片里的任何人。

两腿磕绊着，我吃力地坐在了身后的一把椅子上。耳鸣生生化作那次我对岳老师吼出的恶语。当年的医生很遗憾我和栾欣没做过孕前染色体异常筛查，说我们甚至该在婚前就做，说那是没法医治的事。随即我就知道了栾欣母亲的前事，然后就是破裂和离散。我娶了还不算熟识的李瑾，自信能重新填充人生，李瑾也确实很快生下了何曾。其实她可以说是个有办法的母亲，径自为儿子做了很多事，包括带他出游几天就忽然得到了那笔买琴的钱。

就像一片倾倒的毛发顺次重新竖立，我的睿智又回来了。我不会去观察照片里的男孩女孩的眉眼、脸形和唇齿，这样栾欣还可以是他们的继母。本来她在那边可能像我在离婚时所咒骂的那样，一直孑然一身空虚度日，但我对照片的目击收窄了事实摆动的幅度，画面上时有时无的男人和孩子显现为稳固的影像。继续犯错我承受不起。

何曾看腻了照片，四处张望。我下意识地后靠上身，让自己看不见他在灯光下的面孔。我刚才因为兴奋而出的一头热汗已经迅速变凉，溻湿了前胸后背。有些推理简单到无需思索。这么久以来我都没仔细观察何曾到底哪里像我，这种含糊当然必须保持，而且要更加小心。

我复原了我和何曾动过的东西。离开时我拉着他的袖口，静静扣上门，不知害怕惊扰室内的谁还是室外的谁。

今晚何曾不该在我身边，今后我也无法再注视他。

回到车上,他倒忘了一天的不高兴,双手比画着假装弹琴,嘴里发出敲钢琴的声音。原来另一住宅里传出了什么洋曲子。启动了车,我让他安静,他反而提高了音阶,就着那乐曲的余音学得更加像模像样。他发出的声音越有节律越起伏有致,在我耳朵里就越显矸硌突兀。

　　"把嘴闭上!"我猛挥右手,又喊了出来,没瞟他一眼就再次弄哭了他。我又尝到了嘴里的血腥味,胸腔里也有一处隐隐作痛。我大口吞咽,同时死死憋住一口气,让胸中窒闷感觉迟钝。那张明信片插在我上衣兜里,棱角感如同撑在皮下的异物。车朝任意的方向提起了速度,越逃越快。夜风狂猛,在过河的桥上我抽出明信片,伸手到车窗外让它随风射出,在后面翻翻转转飞向河水。

图书在版编目（ＣＩＰ）数据

造物须臾 / 牛健哲著. -- 上海 : 上海文艺出版社,
2025. -- ISBN 978-7-5321-9129-1

Ⅰ．I247.7

中国国家版本馆CIP数据核字第2025K4M932号

责任编辑：江　晔
装帧设计：付诗意

书　　名：造物须臾
作　　者：牛健哲
出　　版：上海世纪出版集团　　上海文艺出版社
地　　址：上海市闵行区号景路159弄A座2楼 201101
发　　行：上海文艺出版社发行中心
　　　　　上海市闵行区号景路159弄A座2楼206室 201101 www.ewen.co
印　　刷：苏州市越洋印刷有限公司
开　　本：1092×787 1/32
印　　张：7.75
插　　页：3
字　　数：120,000
印　　次：2025年4月第1版 2025年4月第1次印刷
Ｉ Ｓ Ｂ Ｎ：978-7-5321-9129-1/I.7175
定　　价：49.00元
告　读　者：如发现本书有质量问题请与印刷厂质量科联系　T:0512-68180628